10
18

12, AVENUE D'ITALIE. PARIS XIIIe

Sur l'auteur

Née en 1938 à Londres, Anne Perry vit aujourd'hui en Écosse. Depuis le succès international des enquêtes du couple Pitt et de celles de William Monk, elle s'est intéressée à d'autres périodes historiques telles que la Révolution française, la Première Guerre mondiale ou encore la Byzance du XIIIe siècle dans sa fresque épique *Du sang sur la soie*.

ANNE PERRY

L'ODYSSÉE DE NOËL

Traduit de l'anglais
par Pascale Haas

INÉDIT

10/18

Grands détectives

créé par Jean-Claude Zylberstein

Titre original :
A Christmas Odyssey

ISBN 978-2-264-05674-0

À tous ceux qui regardent vers le haut

Henry Rathbone se pencha au bord de son fauteuil et considéra son visiteur d'un air grave. La lassitude qui se lisait sur le visage de James Wentworth le faisait paraître plus vieux que la soixantaine. La façon qu'il avait de croiser et décroiser les mains trahissait un profond désespoir.

— Que puis-je faire ? demanda doucement Henry.

— Peut-être rien, répondit Wentworth.

Les bûches s'écroulèrent dans l'âtre en projetant une gerbe d'étincelles. Dans treize jours, on célébrerait Noël. La nuit était glaciale et le vent rugissait dans les combles de l'élégante demeure de Primrose Hill. Par-delà s'étendait l'immense ville de Londres qui se préparait à festoyer ; bientôt résonneraient les cantiques et les cloches des églises tandis que l'on se réunirait dans de somptueuses soirées. Il n'y avait plus très longtemps à attendre.

— Vous avez dit « peut-être », releva Henry. C'est donc qu'il reste une possibilité. Essayons toujours ! ajouta-t-il avec un bref sourire. Nous sommes à la saison de l'espoir… Certains croient même aux miracles.

— Est-ce votre cas ? Accompliriez-vous un miracle pour moi ?

Henry prit la mesure du chagrin qui accablait son ami. Depuis plus d'un an qu'ils ne s'étaient revus, Wentworth avait vieilli au point d'en être méconnaissable.

— Bien entendu, répondit Henry. Sans toutefois vous promettre d'y parvenir… Je ne peux même pas vous jurer que j'y crois.

— Toujours aussi franc… et fidèle ! observa Wentworth, une lueur amusée dans le regard.

— Que voulez-vous, je suis mathématicien. En revanche, je suis convaincu qu'il nous reste à découvrir quantité de choses en dehors de ce que nous savons déjà. Devant nous s'ouvre un domaine de connaissances que nous n'avons encore qu'effleuré.

— Les vôtres suffiront, je pense, répliqua Wentworth. Vous vous souvenez de mon fils, Lucien ?

— Naturellement.

Henry gardait le souvenir d'un beau jeune homme au charme inhabituel. Mieux, animé d'une grande force d'esprit et d'un appétit insatiable pour la vie qui incitait les autres à entrevoir de nouveaux horizons, et même à ressusciter de vieux rêves.

La douleur revint dans le regard de Wentworth. Il baissa les yeux, comme s'il mettait un point d'honneur à dissimuler son angoisse.

— Voilà environ un an, Lucien s'est mis à fréquenter certains lieux dans le West End où les distractions sont d'un laisser-aller plus… débridé qu'elles ne le sont d'ordinaire. C'est là qu'il a rencontré une jeune femme, qui l'a rendu fou. Il a joué, bu à l'excès, goûté à des vices qu'il n'avait jusqu'alors jamais imaginés. Des divertissements empreints d'une sauvagerie et d'une cruauté qui allaient très au-delà de la bêtise que l'on peut tolérer chez un jeune godelureau ou de l'insouciance de ceux qui refusent de songer aux conséquences.

Wentworth se tut. Henry attendit. Le feu brûlait très bas. Il prit deux bûches dans le panier et les disposa sur les braises, qu'il tisonna afin de ranimer les flammes.

— Et maintenant, il a disparu, reprit Wentworth. J'ai tenté moi-même de le retrouver. Mais il me fuit, s'abîme dans ce monde de ténèbres où se complaisent les hommes. Au début, je… j'ai éprouvé de la colère. Le voir gâcher ainsi ses talents et anéantir les espoirs que l'on fondait sur lui… Tant qu'il s'en tenait à la boisson ou au jeu, je pardonnais. J'ai même réglé ses dettes pour lui épargner des poursuites judiciaires. Cependant, les choses se sont aggravées. Lucien est devenu violent. Si j'avais continué à me porter à son secours, ne l'aurais-je pas conforté dans l'idée que la cruauté ne doit pas se payer, ne l'aurais-je pas laissé croire qu'on peut arrêter de se détruire d'un mot ou sur un simple souhait ?

Il se tordit les mains avec nervosité.

— À partir de quand pardonner devient un mensonge, cesse de correspondre à la volonté de sauver un être pour ne plus signifier que le refus de regarder la vérité en face ?

— Je l'ignore, répondit Henry, sincère. Sans doute ne peut-on le savoir avant d'avoir dépassé les limites. Que voudriez-vous que je fasse ?

— Que vous retrouviez Lucien. Si c'est moi qui m'en charge, je ne ferai que le pousser plus avant dans ce monde abominable. Je crains qu'il n'ait atteint un point de non-retour, au risque d'en mourir…

Wentworth releva la tête et regarda Henry dans les yeux.

— Je suis conscient que c'est beaucoup vous demander et que vos chances de réussir sont minces. Mais Lucien est mon fils. Rien de ce qu'il a fait ou fera ne changera cette réalité. Et, même si je le déplore, je ne cesserai jamais de l'aimer. Il m'arrive de le regretter. Ce serait tellement plus simple…

— Ceux d'entre nous qui ont déjà aimé n'ont nul besoin d'explication, observa Henry. Quant à ceux qui n'ont jamais éprouvé un tel sentiment, ils ne comprendraient pas.

Il ponctua sa remarque d'un sourire attristé, comme s'il se moquait de lui-même.

— J'étudie la science et la logique, la beauté des mathématiques. Néanmoins, sans ces choses au-delà de l'explicable que sont le courage, l'espoir et, plus encore, l'amour, il ne saurait y avoir de joie. Je ne suis même pas certain que le sens de l'humour existerait ! Or, sans le rire, nous perdons toute mesure, et peut-être en fin de compte toute humanité.

Il reprit un ton plus grave.

— Toutefois, si je veux me mettre à la recherche de Lucien, il faut que j'en sache davantage sur le jeune homme charmant que j'ai rencontré, et qui était semble-t-il capable de dissimuler cette part obscure de lui-même à ses fréquentations, voire aux personnes qui le connaissaient bien.

— Oui, il le faut, admit Wentworth dans un soupir. Ce qui ne signifie pas que vous parler de mon fils m'est facile… Comme la plupart des jeunes gens, il avait envie d'explorer ses appétits physiques, et, au début, je n'ai pas jugé ses excès inquiétants, dit-il avec un sourire fugace. Je me rappelle avoir été moi-même assez fantasque lorsque j'avais une vingtaine d'années ! Cependant, Lucien a trente-quatre ans, et il n'a pas changé. Ou plutôt, il a succombé à des penchants plus dangereux ; divers stupéfiants, qui libèrent de tout frein et auxquels il est très facile de s'accoutumer. Il apprécie les plaisirs de la chair, mais avec des jeunes femmes débauchées. Et s'il y a toujours le risque de la maladie, la femme qu'il a choisie est capable de ravages beaucoup plus sérieux.

Wentworth se perdit un instant dans la contemplation des flammes qui léchaient les bûches et s'apprêtaient à les dévorer.

— Elle lui offre ce qu'il semble désirer le plus : un sentiment de pouvoir – sans doute le pire des stupéfiants ! –, l'impression d'être admiré, d'exercer une emprise sur les autres, comme s'il possédait une supériorité naturelle.

Henry commençait à mesurer l'importance de ce que lui demandait son ami. En admettant qu'il retrouve Lucien Wentworth, que pourrait-il lui dire pour lui donner envie de revenir vers ce père qu'il avait rejeté de toutes les manières possibles ?

— Je vais essayer de vous aider, déclara-t-il posément. Cependant, je n'ai pas la moindre idée de ce par quoi commencer, ni de la façon dont je vais m'y prendre pour mener à bien pareille tâche.

— Merci, rétorqua Wentworth, la voix éraillée.

Sans doute comprenait-il que Henry avait accepté par gentillesse, et que celle-ci reposait davantage sur la pitié que sur un quelconque espoir. L'air accablé d'épuisement, il se leva.

— Je vous remercie, Henry. Prévenez-moi si vous avez quelque chose à me dire. Je m'abstiendrai quant à moi de venir vous importuner.

Il sortit un papier de sa poche.

— Voici une liste des derniers lieux qu'a fréquentés Lucien. J'espère qu'elle vous sera utile.

Le lendemain matin, Henry Rathbone se réveilla en regrettant d'avoir promis à Wentworth de lui venir en aide. Pendant le petit déjeuner, alors qu'il mangeait des toasts à la confiture sans aucun plaisir, il s'avoua que seul le manque de courage l'avait poussé à accepter. Car, même s'il le retrouvait, Lucien Wentworth ne rentrerait pas au bercail. Il ne le voulait pas. Ne pas savoir avec certitude jusqu'où il avait sombré aurait épargné un surcroît de détresse à son père.

Cependant, il avait donné sa parole et devrait faire au mieux, quoi qu'il advienne. Par où commencer ? Lui-même avait mené une vie de patachon à l'époque où il était étudiant à l'université, ce qui remontait bien à trente-cinq ans. Il avait passé des nuits entières à discuter en buvant de la bière plus que de raison, connu des femmes dont sa mère ignorait jusqu'à l'existence et appris nombre de chansons grivoises, qu'il se rappelait encore pour la plupart.

Mais il avait abandonné cette vie d'insouciance avant d'atteindre la trentaine. Elle n'était plus pour lui qu'un souvenir brumeux sans grand intérêt. Or ce qui fascinait Lucien semblait d'une nature fort différente. D'après son père, il s'agissait d'un appétit qui se nourrissait de lui-même et qui finirait par tout dévorer.

Henry déplia la feuille sur laquelle figurait la liste des lieux où Wentworth avait récupéré son fils pour le sauver des ennuis dans lesquels il s'était fourré. Toutefois, lui-même l'avait admis, Lucien n'y allait plus. Il avait sombré dans un abîme plus profond que ne l'étaient les bagarres et les injures avinées, ou le simple fait de courir les jupons auquel s'adonnaient tant de jeunes gens dans des bordels réputés.

Nombre d'amis de Henry avaient des fils qui les avaient déçus d'une façon ou d'une autre ; seulement, un honnête homme se gardait de poser des questions, et s'il lui arrivait par hasard d'avoir vent d'une histoire regrettable, il prétendait n'en rien savoir. En tout cas, il mettait un point d'honneur à ne pas la colporter.

Son propre fils, devenu l'un des plus brillants avocats de Londres, avait suscité chez lui à la fois de l'admiration et de la déception, selon la personne qu'il avait choisie de défendre. Par moments, il avait eu des comportements que Henry avait du mal à comprendre, et dont il n'aurait souhaité discuter avec personne en dehors de la famille – à l'exception peut-être de son amie Hester Monk. Il ne s'était en revanche jamais rendu coupable d'aucun excès. À la vérité, il se demandait si Oliver n'aurait pas mieux fait parfois de se laisser aller un peu, quitte à commettre une ou deux erreurs !

À un moment donné, Henry avait espéré qu'Oliver épouserait Hester, mais il avait compris depuis quelque temps que celle-ci n'aurait pas été heureuse. Il lui fallait un homme avec plus de volonté et de passion, comme William Monk. Quant à savoir si Hester aurait rendu Oliver heureux, il en était moins certain. Sans doute l'aurait-elle pu, mais il était de toute façon trop tard.

Néanmoins, si Henry voulait retrouver Lucien Wentworth, Hester pourrait peut-être le conseiller ; et puis, avec elle, il serait plus libre de parler. Il n'aurait pas à inventer de prétexte, ce qui eût été épuisant, et aussi contraire au but recherché.

Hester avait été infirmière en Crimée pendant la guerre abominable qui, en cette fin d'année 1865, appartenait à l'histoire depuis près d'une décennie. À son retour en Angleterre, elle avait rêvé de réformer la profession d'infirmière en appliquant les principes que prônait Florence Nightingale. Cependant, le monde de la médecine, dirigé par des hommes puissants, n'était pas prêt à de telles avancées. De sorte que Hester avait été contrainte d'accepter des postes l'un après l'autre dans des établissements privés. Puis elle avait épousé Monk, et ces emplois qui la tenaient éloignée de la maison n'avaient plus été les bienvenus. Les affaires de Monk ayant prospéré, elle avait ouvert une clinique à Portpool Lane, où elle-même et ses infirmières s'occupaient de femmes de la rue qui n'auraient pu bénéficier nulle part ailleurs de soins médicaux. Les fonds qui permettaient à l'établissement de fonctionner provenaient de dons charitables. Forte de son expérience, Hester pourrait sans doute fournir à Henry le genre de renseignements dont il aurait besoin.

L'esprit soudain plus léger, Henry accéléra le pas dans la rue humide et venteuse, et héla un cabriolet.

— Portpool Lane, je vous prie ! annonça-t-il en s'installant confortablement.

Le trajet n'était pas long, mais la circulation était intense dans la semi-obscurité de ce matin d'hiver blafard.

— C'est parti, chef ! répondit le cocher.

Il fouetta son cheval et remonta le Strand avant de tourner à gauche dans Chancery Lane.

Les réverbères étaient encore allumés. On n'était plus très loin du jour le plus court de l'année. Le cabriolet avançait dans la fumée et sous la pluie que le vent projetait en biais. Henry percevait le fracas des sabots, le tintement des harnais et le chuintement des roues sur les pavés mouillés.

— Joyeux Noël ! lança un homme dont la voix s'éleva toute gaie au-dessus des cris des colporteurs, et des jurons que suscitaient ici et là les encombrements.

— À vous également ! lui répondit un autre.

— Avance, abruti ! s'écria un troisième, coincé derrière un fardier qui se déplaçait avec une extrême lenteur, sa réaction déclenchant des éclats de rire.

— Joyeuses fêtes à vous aussi !

Ils tournèrent à droite dans High Holborn, puis presque aussitôt à gauche dans Gray's Inn Road. Dès qu'ils eurent dépassé la place, Henry donna plusieurs coups de canne pour attirer l'attention du cocher.

— Ici ce sera parfait, merci. Je vais faire le reste du trajet à pied.

— Très bien, monsieur, dit le cocher, un brin étonné. Joyeux Noël, monsieur !

Henry le paya, ajoutant un généreux pourboire pour le remercier de ses vœux, tout en sachant qu'ils lui avaient été adressés expressément dans ce but.

Il traversa la rue pour rejoindre Portpool Lane où il s'engagea avec assurance. La ruelle au bout de laquelle se dressait la masse énorme de la brasserie Reid n'était qu'à peine éclairée, mais il connaissait son chemin.

Squeaky Robinson était derrière le bureau de la clinique en train de faire ses comptes. Tenir les livres était son métier, mais il ne l'avait pas toujours été. Avant sa transformation, l'immeuble dont il était alors le propriétaire avait abrité un bordel des plus courus. Jusqu'au jour où il s'était vu dépouiller de son affaire par William Monk et Oliver Rathbone – Sir Oliver, puisque tel était désormais son titre.

Âgé alors d'une quarantaine d'années, Squeaky s'était brusquement retrouvé à la rue, sans un sou. Le pire était qu'il risquait d'aller en prison. Un sort qu'il avait pourtant réussi à éviter tout au long de sa vie, depuis son enfance de pickpocket avisé – jamais il ne volait des choses banales – et durant toute sa carrière, au cours de laquelle il avait acheté cette maison biscornue dont il avait su tirer un fort joli profit.

Mais c'était une époque révolue à laquelle il préférait ne plus penser. Devenu un homme respectable, il tenait la comptabilité et dirigeait les bureaux de la clinique de Portpool Lane pour Hester Monk – une femme d'esprit d'une intelligence remarquable et d'une volonté extraordinaire.

Il allait attaquer une nouvelle colonne de chiffres lorsque la porte s'ouvrit sur un gentleman grand et mince, qui s'empressa de la refermer pour se mettre à l'abri du mauvais temps. Si Squeaky décida que c'était un gentleman, c'est que de longues années d'expérience lui avaient appris à deviner la position sociale de ses clients au premier coup d'œil, tout comme à pressentir avec assez de justesse quelles étaient leurs intentions. Par le passé, sa vie en avait parfois dépendu, et les vieilles habitudes ne se perdent pas facilement. Il estima que cet homme était un gentleman de caractère, sans doute un bourgeois par la naissance, et un scientifique de métier. Squeaky déduisit cela de ses vêtements, modestes mais de bonne coupe, de son mélange de réserve et d'assurance, et de la très légère voussure de ses épaules.

— Bonjour, monsieur, dit-il, intrigué. Puis-je vous aider ?

— Bonjour, répondit aimablement le gentleman.

Squeaky n'eût pu dire qui, mais sa voix lui rappelait quelqu'un.

— Mon nom est Henry Rathbone. Je souhaiterais m'entretenir avec Mrs. Monk. Si elle est là, auriez-vous l'obligeance de lui demander si cela lui est possible ?

Mais oui… ce devait être le père de Sir Oliver ! C'était la ressemblance qu'il cherchait. Pourquoi voulait-il voir Miss Hester ? Squeaky l'observa avec plus d'attention. Si le visage était doux et plaisant, le regard bleu ne trahissait aucun signe de mollesse. Un homme très intelligent, se dit Squeaky, sans doute très intelligent, qui, à l'instant, était surtout inquiet. Avant de le conduire à Hester, il était curieux de savoir ce qu'il voulait de si urgent pour avoir effectué tout le trajet jusqu'à Portpool Lane depuis le quartier élégant où il devait habiter.

— Elle est avec des patientes, répondit-il. Nous avons eu une nuit difficile. Une sérieuse bagarre dans Drury Lane… une bagarre au couteau.

Voir le regard navré du gentleman le remplit de satisfaction.

— Mais peut-être puis-je vous être utile… Du moins, en attendant.

Rathbone hésita, puis se décida finalement.

— J'aurais besoin d'un conseil, et je pense que Mrs. Monk pourra m'indiquer quelqu'un en mesure de me le donner. Quand sera-t-elle libre ?

— C'est urgent ? insista Squeaky.

— Oui, je le crains.

Squeaky étudia l'homme de plus près. Ses vêtements, quoique d'excellente qualité, n'étaient pas récents, ni d'une coupe à la dernière mode comme ceux qu'appréciait Oliver Rathbone. Ce qui laissait penser qu'il se souciait plus de l'essentiel que de l'apparence. Et il était suffisamment sûr de lui pour ne pas avoir le désir d'impressionner. En regardant les yeux bleus, Squeaky éprouva un léger embarras. Cet homme avait beau avoir l'air gentil, il ne serait pas facile à berner. Il ne devait pas venir voir Hester pour une raison médicale ; il avait certainement son propre médecin. Par conséquent, ce qu'il voulait était une aide d'un autre ordre. Peut-être en rapport avec la clinique et le genre de personnes qu'on y soignait.

— Voulez-vous que je lui transmette un message ? proposa Squeaky. Pendant qu'elle termine de faire des points de suture et de poser des pansements, je veux dire. Est-ce au sujet de la clientèle que nous recevons ici ?

Ce n'était qu'une intuition, mais il comprit aussitôt qu'il avait vu juste.

— Oui, en effet, dit Henry Rathbone. Le fils d'un de mes amis a sombré dans une vie dissolue d'un genre inconnu de mes relations. Je voudrais retrouver ce jeune homme et tenter de le réconcilier avec son père.

Le gentleman paraissait un peu gêné, comme s'il savait combien ses chances étaient minces.

— Je lui en ai donné ma parole, seulement j'ignore par où commencer. J'espérais que Hester saurait dans quels quartiers il me faudrait d'abord aller. Il est apparemment tombé dans des vices au regard de quoi le jeu, la boisson ou la fréquentation des prostituées ne sont encore rien.

Squeaky fut pris d'une soudaine inquiétude. Il s'agissait là d'une histoire désolante que Hester prendrait trop à cœur. Très vite, elle voudrait l'aider en menant elle-même son enquête. Ce qui inquiétait Squeaky, ce n'était pas seulement le mal auquel elle pourrait être confrontée, mais les choses sordides qu'elle risquerait d'apprendre sur son passé. Et si elle en avait déjà deviné une part, il en restait bon nombre qu'il avait réussi à lui cacher, d'autant mieux d'ailleurs qu'il préférait lui-même les oublier.

— Je peux vous aider, dit-il avec calme, bien que son cœur batte si fort dans sa poitrine qu'il avait peur de trembler. Elle ferait appel à moi de toute façon. Je connais ce genre de milieu… Un milieu qu'une dame n'a pas à fréquenter, quand bien même Hester s'est occupée de soldats et d'individus de cet acabit.

Henry Rathbone lui adressa un petit sourire.

— Ce serait très aimable à vous, monsieur… Je ne connais pas votre nom.

— Robinson. La plupart des gens m'appellent Squeaky.

Expliquer pour quelle raison l'aurait embarrassé, mais personne n'utilisait jamais son prénom. Au point qu'il en avait pratiquement oublié le son, sans que cela le dérangeât le moins du monde.

— Je serais ravi de vous rendre service. Dites-moi ce que vous cherchez, et je me renseignerai pour savoir où vous pouvez commencer vos recherches.

Une fois Henry Rathbone reparti, Squeaky ferma ses livres de comptes, qui de toute façon étaient à jour. Il les enferma à clef dans l'armoire de son bureau, puis s'en alla chercher Hester.

Il la trouva à l'étage. Son long tablier blanc était taché de sang et, comme toujours, des mèches s'échappaient de son chignon trop serré. Elle leva les yeux des instruments chirurgicaux stérilisés qu'elle était en train de ranger dans leurs étuis.

— Oui, Squeaky ? Qu'y a-t-il ?

Sa décision était prise. Il ne fallait en aucun cas qu'elle se doute de ce qu'il avait en tête, et encore moins que Henry Rathbone était passé la voir. Mais comme Hester était maligne, il allait devoir mentir avec habileté s'il voulait qu'elle le croie. À dire vrai, mieux vaudrait ne pas lui cacher le fait qu'il mentait et se contenter de la tromper sur la nature de ce mensonge.

— J'aurais besoin de m'absenter un petit moment, dit-il. Je ne sais pas combien de temps.

Hester posa sur lui un regard froid, ses yeux bleu-gris semblant pénétrer à l'intérieur de son crâne. Il eut l'impression qu'elle pouvait lire les pensées qui s'y bousculaient.

— Alors nous devrons nous passer de vous, rétorqua-t-elle simplement. Nous sommes plus ou moins à jour. Je suis sûre que, à nous deux, Claudine et moi arriverons à nous occuper de l'argent et des courses.

Pourquoi ne lui demandait-elle pas où il comptait aller et pourquoi ? Parce qu'elle croyait déjà le savoir. Eh bien, non, elle ne le savait pas !

— Un de mes amis a des ennuis, expliqua Squeaky. Son fils a disparu et il a peur qu'il soit en danger.

Cette fois, c'était la vérité – enfin, presque…

Une expression de compassion passa sur le visage de Hester.

— Vraiment ? Je suis désolée.

Elle ne le croyait pas. Voilà qui faisait mal. Pourtant, c'était très proche de la vérité… Mieux que la vérité, en fait. Henry Rathbone était un ami de Hester, un véritable ami. Squeaky, qui savait qu'il aurait aimé l'avoir pour belle-fille, ne cherchait qu'à la protéger. Il connaissait les lieux de débauche où Lucien Wentworth avait probablement atterri, des lieux qui appartenaient au monde de la pègre dont Hester, en dépit de toute son expérience, ne soupçonnait même pas l'existence. Tant pis, c'était sa faute. Il avait dérogé à la première règle du mensonge réussi : ne jamais répondre à des questions qu'on ne vous a pas posées !

— C'est Noël, dit-il, comme si cela justifiait tout.

Hester lui sourit avec une bienveilance qui ne fit qu'accentuer son malaise.

— Allez aider votre ami, Squeaky. Mais n'oubliez pas de revenir. Vous nous manqueriez terriblement.

— C'est…

Comment lui expliquer la situation sans qu'elle veuille ensuite l'aider ? Surtout qu'elle ne le pourrait pas. La guerre et la maladie ne lui suffisaient-elles donc pas ? Fallait-il qu'elle voie en plus jusqu'où s'étendait la dépravation ?

Hester attendait.

— Ici c'est chez moi, dit-il d'un ton brusque. Bien sûr que je reviendrai !

Puis il tourna les talons et s'en alla, furieux de constater sa totale incompétence. Toute cette respectabilité lui avait rongé le cerveau. Il n'était même plus capable d'élaborer un mensonge convenable.

Dans la rue, il arrêta un fiacre qui l'emmena vers le sud du côté de la Tamise. Il s'en voulait de dépenser de l'argent pour la course, mais il ne pouvait pas perdre son temps à sauter d'un omnibus à l'autre, d'autant qu'ils ne vous amenaient jamais à l'endroit précis où vous vouliez.

Mettre la main sur Crow, l'homme qui serait à même de l'aider, nécessiterait un peu de temps. Son ami avait eu l'intention de devenir médecin, mais diverses circonstances, notamment financières, l'avaient obligé à interrompre ses études. Squeaky aurait trouvé indélicat de l'interroger sur la nature exacte de ces circonstances, et il n'avait pas besoin de le savoir. D'ailleurs, les connaissances médicales de Crow étaient suffisantes pour qu'il puisse pratiquer son art à titre non officiel parmi les pauvres et les innombrables délinquants qui se massaient sur les quais au nord et au sud du fleuve à proximité du Pool, le port de Londres.

Il acceptait tous les moyens de paiement qu'on lui proposait : des victuailles ou des vêtements, tantôt des services, tantôt une promesse qui, les deux parties le savaient pertinemment, ne pourrait être tenue. Crow ne faisait jamais plus allusion à ces dettes.

Il fallut à Squeaky le reste de la journée, une conversation autour d'un pâté en croûte au *Goat and Compasses*, puis encore moult déambulations et questions avant de dénicher Crow dans une vieille masure près des Shadwell Docks. Étant donné qu'il comptait lui demander une faveur, Squeaky attendit que Crow ait ausculté son patient et empoché ses six pence – que le père du malade insista pour lui remettre –, après quoi ils furent libres de repartir ensemble le long du fleuve.

Crow releva le col de son long manteau noir pour se protéger du vent glacé qui soufflait de la Tamise. Il était grand, plus grand que Squeaky de plusieurs centimètres, et plus jeune de vingt-cinq ans au moins. Ce jour-là, il avait enfoncé un chapeau sur ses cheveux bruns, longs et raides, mais, à la lueur des réverbères, son grand sourire était toujours aussi éblouissant. On aurait dit que sa bouche comportait un trop grand nombre de dents – de belles dents solides.

— Tu dois vouloir quelque chose, observa Crow en lui jetant un regard en biais. Et ce n'est pas un médecin, étant donné que tu as tout ce qu'il faut à Portpool Lane. Tu as l'air agité.

— Je le suis, rétorqua Squeaky.

Il raconta à son ami la visite de Henry Rathbone à la clinique et sa demande de l'aider à retrouver Lucien Wentworth. Tandis qu'ils marchaient d'un bon pas dans la ruelle obscure, luttant contre le vent mordant chargé de grêle et prenant garde à ne pas glisser sur les pavés, il lui parla également des plaisirs dans lesquels le jeune homme semblait avoir sombré.

— Tu ne peux pas laisser Hester s'en occuper ! s'exclama Crow d'un air anxieux. N'y pense même pas !

— Je n'y pense pas une seule seconde ! riposta Squeaky, écœuré, et blessé, que Crow le connaisse si mal. Pourquoi crois-tu que je suis venu te voir, imbécile ?

Crow se figea sur place.

— Moi ? Mais je ne fréquente pas ces endroits ! Et si j'ai déjà soigné des opiomanes, c'était pour de simples entailles ou des fractures, jamais pour leur dépendance à l'opium ! Que je sache, il est impossible d'en guérir.

Squeaky s'affola. Il ne pouvait pas se lancer dans cette aventure tout seul. Il avait côtoyé le monde de la pègre assez longtemps pour en connaître les profondeurs labyrinthiques et les dangers. Pourquoi s'était-il mêlé de cette histoire ? Il aurait dû expliquer tout de suite au père de ce Lucien que c'était impossible. Squeaky perdait pied. La respectabilité était une vocation pour les sots.

— Bon, dit-il bêtement. Je vais rentrer expliquer à Hester que je ne peux pas.

— Tu ne lui as encore rien dit du tout, lui fit remarquer Crow sans sourire.

— Et comment je vais le dire à Mr. Rathbone sans qu'elle soit au courant ? rétorqua Squeaky d'un ton moqueur. Hester est maligne. Elle devine qu'on lui ment comme si c'était écrit au milieu de votre figure. Elle saura, quoi que je dise.

Crow enfonça ses mains dans ses poches. Quel que soit le temps, il allait toujours mains nues.

— Et si tu te trouvais quelqu'un qui te paye avec une paire de gants ? dit Squeaky avec malice.

Crow ignora la remarque.

— Serais-tu en train de me dire mine de rien que tu vas raconter à Hester que j'ai refusé mon aide ?

— Mine de rien ? Tu veux dire, en douce ? se fâcha Squeaky. Pourquoi tu ne le dis pas franchement ? Et, non, je ne te dis pas ça en douce. Je te dis seulement qu'elle s'en doutera, parce que, si elle était à ma place, c'est à toi qu'elle se serait adressée. Ce qui revient à ce que je disais... Tu veux que je lui dise que tu refuses d'aider ou tu préfères le lui annoncer toi-même ?

— Tu n'as pas perdu la main ! Tu es toujours aussi dur.

— Merci, rétorqua Squeaky avec une satisfaction inattendue.

— Ce n'était pas un compliment... Que sait-on sur ce Lucien Wentworth, à part que son père est riche et qu'il lui a donné apparemment plus d'argent qu'il n'aurait dû ?

Squeaky haussa les épaules et se remit en marche en parlant par-dessus son épaule jusqu'à ce que Crow le rattrape. Il lui répéta ce que Henry Rathbone lui avait dit sur le faible qu'avait Lucien pour les plaisirs charnels, son besoin d'éprouver un sentiment de pouvoir et d'être admiré – voire, dans son esprit immature et sa naïveté, de se croire aimé.

Une file de péniches descendaient le fleuve avec la marée, les flammes de leurs lanternes vacillant au vent dans la nuit. Plus loin au sud, une corne de brume lança sa plainte.

L'expression de Crow s'assombrit tandis qu'il marchait d'un pas pesant aux côtés de Squeaky. Ils tournèrent le dos à la Tamise et remontèrent une rue en pente en s'éloignant des bruits du port. La nuit noire de l'hiver s'étendait devant eux. Un à un, les réverbères s'allumèrent, les lumières devenant de plus en plus vives à mesure qu'ils se rapprochaient de l'artère animée de High Street.

— La nuit va être longue, marmonna Crow lorsqu'ils arrivèrent au carrefour.

Ils attendirent une pause au milieu de la circulation, puis ils traversèrent en courant, faisant gicler l'eau du caniveau avant de gagner les pavés verglacés.

— Et il est possible qu'on ne trouve rien ! ajouta-t-il.

Squeaky avait envie de lui dire d'arrêter de se plaindre, mais il savait que Crow avait raison, aussi garda-t-il le silence quelques minutes.

— Allons d'abord boire un verre, finit-il par proposer.

Il pensa un instant offrir sa tournée, mais c'eût été donner d'emblée une mauvaise habitude.

Ainsi que l'avait prédit Crow, ce fut une très longue nuit. Ils commencèrent par se renseigner discrètement à Haymarket. Le quartier était connu pour ses prostituées qui racolaient sur le trottoir sans se cacher, de sorte qu'aucune dame convenable ne s'y aventurait jamais, même accompagnée d'un mari. Si bien habillée qu'elle eût été, on l'aurait prise pour une femme de la nuit. Ici, les filles de joie ne se distinguaient en rien des dames de la bonne société, surtout celles qui faisaient preuve d'un tantinet d'audace.

— Je ne sais pas trop ce que nous pourrions apprendre ici, observa Crow en regardant deux jeunes filles se faufiler dans un groupe de clients d'un cabaret.

— Sais-tu quels sont les endroits à la mode en ce moment quand on a des goûts un peu spéciaux ? demanda Squeaky sur le ton du défi.

— Mes patients ne viennent pas dans ce quartier, avoua Crow. S'ils ont des sous à dépenser, ils préfèrent les music-halls de l'East End.

— Alors, tais-toi et regarde. Suis-moi !

Ils essayèrent de trouver des établissements où l'on vendait autre chose que de l'alcool et des distractions, ou la possibilité de lever une fille.

Les trois premières tentatives n'aboutirent à rien, mais la quatrième les amena dans une minuscule salle de spectacle près de Piccadilly, où ce qui se passait sur la scène était éclipsé par les échanges auxquels se livraient les clients dans les multiples alcôves, paliers et escaliers étroits qui fourmillaient comme autant de galeries dans un terrier. L'éclairage jaunâtre était si faible que la plupart des visages avaient une pâleur cireuse un peu sinistre. Dieu seul savait à quoi ils ressemblaient à la lumière du jour !

Squeaky observa et attendit. Il ne connaissait pas les noms des jeunes dandies qui venaient s'adonner à ces plaisirs. Leur regard vide aux paupières tombantes avait de la peine à se concentrer. Des consommateurs d'opium, songea-t-il par-devers lui. Ils étaient en train de passer de la simple exubérance d'une virée nocturne à quelque chose de plus onéreux, et de beaucoup plus dangereux.

Il s'intéressa de plus près à un jeune homme, et, en le frôlant, il sentit la qualité du tissu de la manche de sa veste. Oui, il y avait là de l'argent. Il espéra qu'il n'avait pas perdu ses talents de gamin à soulager les poches. Il n'était pas rare que celles des gentlemen contiennent des informations très intéressantes – à défaut de mieux, un nom et une adresse sur une carte de visite.

Se renseigner dans de tels lieux sans éveiller les soupçons, comme il en avait l'intention, nécessiterait un minimum d'investissement, or il ne comptait pas financer lui-même l'entreprise. Maintenant qu'il gagnait honnêtement sa vie, son argent méritait d'être dépensé de façon respectable. Mieux valait toutefois agir à l'insu de Crow. On ne savait jamais quelles pouvaient être ses aversions particulières. Les goûts ne se discutent pas, ni les superstitions.

Dans cette salle de spectacle, on leur en indiqua d'autres, plus aventureuses. La première exigea même un droit d'entrée. De l'extérieur pourtant, on aurait dit un pub parfaitement ordinaire.

— Ça n'a pas l'air d'en valoir la peine, dit Squeaky d'un ton désobligeant, tout en regardant le plâtre effrité des piliers avec une moue de dégoût.

— Peut-être n'est-ce qu'une façade, suggéra Crow, qui s'empressa de s'expliquer. Un avant-goût des appétits plus sordides qu'on satisfait à l'intérieur ?

Squeaky fut amusé, pas tant par l'idée que par la manière de parler de son ami. Il haussa les épaules et paya l'entrée.

— Tu avais raison, convint-il avec générosité dès qu'ils eurent franchi la porte voûtée et descendu les marches menant à une grande salle.

Celle-ci était bondée. Les clients avaient tous un verre ou une coupe à la main, excepté les deux filles à moitié nues qui se contorsionnaient sur une scène improvisée avec une extraordinaire vulgarité sous les huées des spectateurs.

— Elles vont avoir besoin de mes services, observa Crow en grimaçant à la vue d'un mouvement particulièrement contre nature.

Squeaky s'abstint de tout commentaire. Il alla parler à des dizaines de personnes, l'une après l'autre, de façon méthodique, posant des questions et obtenant très peu de réponses.

Il leur fallut plus d'une heure avant de découvrir qu'on connaissait Lucien, mais qu'on ne l'avait pas vu depuis plus d'un mois.

Ils se rendirent ensuite dans un autre établissement, où ils n'apprirent rien de plus, puis dans une taverne qui leur sembla au début pleine de promesses. Cependant, il s'avéra au bout du compte que le jeune homme n'était pas Lucien, rien qu'une autre âme égarée en mal d'oubli.

À quatre heures du matin, Squeaky était épuisé et frigorifié. Il avait mal à la tête et mal aux pieds. Il comprit pourquoi il avait renoncé aux plaisirs éphémères au profit d'un bon lit bien chaud à la clinique de Portpool Lane, et d'une nuit de temps à autre à rester debout pour subvenir aux besoins d'autres personnes. Et lorsque cela lui arrivait, il ne la passait pas dehors sous la pluie et le vent glacial, les pieds trempés et l'eau qui lui dégoulinait dans le cou ! Être enfermé dans une pièce basse de plafond au milieu du brouhaha des voix excitées ne valait guère mieux. Il avait oublié à quel point il détestait les rires idiots, les corps qui se pressaient dans des espaces confinés, l'odeur âcre de la fumée et les relents d'alcool. Même la musique lui semblait avoir moins d'attrait qu'autrefois.

Dans la cave très profonde de la taverne suivante, la lumière au gaz d'un jaune blafard soulignait les taches et les fissures des murs en pierre. Au moins, le patron servait-il ici un excellent cognac. En dehors de le réchauffer un peu, boire encouragea Squeaky à penser que ce lieu de plaisirs aurait pu attirer un jeune homme tel que Lucien Wentworth, élevé dans un milieu où les gentlemen savaient apprécier un bon alcool et n'acceptaient que le meilleur.

Mais ce fut la conversation qu'entama Crow avec un inconnu qui finit par les mettre sur la piste de Lucien.

— Malin ! dit Crow aimablement à l'homme qui se tenait près de lui.

Tous deux regardaient une jeune femme à la tenue provocante en train de mimer une scène d'une totale obscénité, pour le plus grand ravissement des spectateurs.

— Ça a un coût, observa le jeune homme. Mais c'est leur lot à toutes.

— Je préfère quelque chose d'un peu plus… inhabituel, lui glissa Crow.

Son voisin le toisa comme s'il s'efforçait de deviner vers quoi le portaient ses goûts.

— Sadie vous aurait plu, conclut-il dans un soupir.

Il était très maigre, le visage émacié. Chaque fois que ses manches remontaient sur ses poignets, ses os paraissaient d'une extrême fragilité.

— Elle était si belle…

— Ah oui ?

Crow avait de la peine à faire semblant d'être intéressé.

Squeaky se rendit compte qu'il n'avait pas la moindre idée du genre de femme qui plaisait à son ami. C'était un sujet qu'ils n'avaient jamais abordé.

— Le teint d'une pâleur de lys, enchaîna le jeune homme d'un air rêveur. Les cheveux noirs comme de la soie… Et des yeux d'un bleu océan, aussi éclatant que l'eau du large au soleil…

Squeaky laissa vagabonder ses pensées. Cette conversation n'était qu'une perte de temps.

Crow continua à faire mine d'être intéressé.

— Elle ne devait pas être comme les autres, dit-il en observant son interlocuteur. Vous l'avez séduite ? Était-elle tout ce que vous aviez imaginé ?

Le jeune homme haussa une épaule anguleuse.

— Aucune idée. Elle n'avait du temps que pour Lucien.

À ces mots, Squeaky se redressa avec un peu trop de brusquerie et le jeune homme, sorti de sa rêverie, se tourna vers lui.

Crow jeta un regard noir à son ami.

Squeaky se gratta le bras, comme s'il était pris d'une soudaine démangeaison.

— Dommage ! se lamenta-t-il.

Voyant alors le regard de Crow, il décida de se taire.

— Elle est toujours par ici ? demanda Crow d'un air détaché.

— Qui ?

— La fille aux yeux bleu océan.

— Oh, Sadie ? Non, je ne l'ai pas vue.

Le jeune homme plongea la main dans sa poche, dans laquelle il ne trouva apparemment pas ce qu'il cherchait. Il fronça les sourcils.

— Je m'en vais. Ici, ça devient ennuyeux. Vous voulez venir au *Potter's* avec moi ?

— C'est une bonne idée, répondit Crow, sans consulter Squeaky. J'aimerais en entendre davantage sur cette Sadie… Vous la faites paraître spéciale, quelque chose de nouveau.

— Ça ne vous servira à rien.

Le jeune homme se leva en titubant. Crow le rattrapa par le coude.

— Merci, dit le jeune homme dans un relent de brumes alcoolisées. Ne vous embêtez pas avec Sadie. Je vous l'ai dit, elle est partie avec Lucien.

— Où ? s'enquit Crow, sans lui lâcher le bras.

— Ah, ça, Dieu seul le sait !

— Dieu et moi, nous ne sommes pas en bons termes, dit alors Squeaky avec aigreur. Je lui parle, mais il ne me répond même pas.

Le jeune homme partit d'un grand éclat de rire qui se termina en quinte de toux.

Crow lui tapota dans le dos. Un geste inutile, mais qui lui permit de tenir le jeune homme d'une main ferme et de l'empêcher de s'écrouler lorsqu'il l'entraîna vers la sortie.

Le trajet pour aller chez *Potter's* passait par des petits chemins glissants de verglas. Se tenir l'un à l'autre était un bon moyen de ne pas perdre l'équilibre, mais aussi de s'assurer que le jeune homme ne leur fausserait pas compagnie en s'endormant par exemple sous une porte cochère – auquel cas il serait mort de froid.

— L'imbécile ! marmonna Squeaky entre ses dents.

Depuis qu'il ne gagnait plus sa vie grâce aux vices des autres, sa tolérance à leur égard avait sensiblement diminué.

— L'imbécile ! répéta-t-il lorsque le jeune homme trébucha et faillit s'étaler de tout son long sur les pavés gelés.

Crow et Squeaky le rattrapèrent juste à temps.

Quand enfin ils arrivèrent chez *Potter's*, ils découvrirent une salle à peine éclairée par des chandelles au suif fichées dans toutes sortes de candélabres. En dépit de l'heure tardive, il y avait là encore pas mal de clients. Certains buvaient, d'autres étaient avachis dans un coin, en train de fumer ce que Squeaky savait être du tabac mélangé à d'autres substances, vraisemblablement dérivées de l'opium. L'atmosphère était chargée de fumée, de l'odeur nauséabonde de la sueur, de l'alcool et de divers effluves corporels.

Crow fronça le nez et jeta un regard sombre à Squeaky. Celui-ci essaya de lui sourire, tout en sachant qu'il n'avait pas l'air très convaincant.

Lorsqu'on vint leur proposer du cognac, ils en prirent dans l'espoir de ranimer le jeune homme, qui semblait à deux doigts de s'endormir, ou de plonger dans une sorte de stupeur.

L'alcool fort le stimula quelque peu, du moins pendant un moment.

— Quoi ? demanda-t-il tout à coup. Qu'est-ce que vous avez dit ?

— Vous nous parliez de Sadie, lui rappela Crow. Vous disiez qu'elle était belle et formidable.

— Oui, Sadie, répéta-t-il, comme s'il savourait son nom. Quelle femme... La peau comme... comme...

Il ne trouvait pas de mot satisfaisant.

— Si débordante de vie ! dit-il alors. Toujours en train de rire, de danser, de plaisanter, d'embrasser des hommes de façon scandaleuse, dans des endroits que vous n'imagineriez pas...

— Lucien ? suggéra Crow.

— Oh, oui, surtout lui ! Pour elle, il ferait n'importe quoi, d'ailleurs, il l'a fait...

Un sourire rêveur s'étala sur son visage.

— Elle l'a mis au défi d'avaler un poisson vivant... une anguille, je crois. Répugnant !

— Et il l'a fait ? demanda Squeaky.

Le jeune homme lui jeta un regard hautain.

— Évidemment ! Je vous l'ai dit, il était prêt à tout pour lui plaire... Il était fou d'admiration, ajouta-t-il avec une pointe de jalousie. Il disait qu'elle lui donnait l'impression d'être un dieu... ou un ange déchu, peut-être ! Vous imaginez ? s'exclama-t-il avec un sourire niais. Tomber en spirale des lèvres du ciel dans une chute interminable vers les flammes de l'enfer et les ténèbres de ceux qui ont goûté à tout ce qu'offre l'univers ?

Il éclata de rire. Un rire aigu et étrange, entrecoupé de hoquets qui finirent par s'étrangler lorsqu'il s'étouffa.

Une chandelle crépita quelques secondes et s'éteignit.

Plusieurs minutes de silence s'écoulèrent avant que le jeune homme ne reprenne la parole.

— Et puis, il y avait Niccolo… Je n'ai jamais su si elle le voulait vraiment ou si elle se servait de lui pour rendre Lucien dingue de jalousie. Quoi qu'il en soit, ça marchait !

— Niccolo ? répéta Crow. À quoi ressemble-t-il ?

Le jeune homme fixa un point dans le vide.

— Qui est-ce ? insista Crow, faisant preuve d'une patience exagérée.

— Aucune idée.

Le jeune homme semblait avoir perdu tout intérêt pour son histoire. Squeaky retourna chercher du cognac, mais cela ne servit pas à grand-chose – il commençait à sombrer dans une sorte d'hébétude.

— Qui est ce Niccolo ? lui demanda Squeaky d'un ton menaçant.

Le jeune homme le regarda en clignant des yeux.

— L'amant de Sadie, glousssa-t-il d'une voix de fausset. Son autre amant !

Il se remit à rire, puis glissa doucement de sa chaise et s'effondra comme un tas sur le sol.

Crow se pencha pour le relever, ou du moins essayer.

— Laisse-le ! ordonna Squeaky. Il est aussi bien ici qu'ailleurs. Tu n'en tireras rien de plus. Il faut qu'on retrouve cette Sadie. Il ne doit pas en exister beaucoup des comme elle… Viens !

À cinq heures du matin, il ne restait plus grand monde de suffisamment sobre pour répondre à leurs questions. Ils s'en allèrent dans l'obscurité du petit matin et le vent cinglant qui soufflait de l'est. Crow se dirigea vers le fleuve et sa maison.

— Non, pas par là ! tonna Squeaky en l'empoignant par le bras. Nous n'en avons pas terminé.

— À cette heure-ci, plus personne n'est debout, pauvre idiot ! rétorqua Crow en se dégageant, c'est inutile d'insister. Pas plus à cette heure-ci qu'à un autre moment, d'ailleurs… Je veux prendre un petit déjeuner et aller dormir.

— Moi aussi. Viens avec moi à la clinique. On pourra faire les deux.

— Ah oui ? Et comment expliqueras-tu tout ça à Hester ? s'enquit Crow sur un ton railleur.

— Je n'en ferai rien, répondit Squeaky, écœuré par le manque d'imagination de son ami. Je ne lui dirai rien du tout. On prendra un bon petit déjeuner, après quoi on trouvera deux chambres inoccupées, et elle n'en saura rien.

Une autre idée lui vint.

— Là-bas, il fait bien chaud, et ce n'est qu'à deux kilomètres.

Crow céda, non sans faire comme si c'était lui qui accordait une faveur à son ami. Puis il lui adressa un de ses sourires rayonnants, qui étaient la marque de sa bonne nature et de son sens de l'humour un brin excentrique.

— Allons-y. Ça ne doit pas être si mal que ça, après tout !

Le lendemain soir, les choses s'annoncèrent beaucoup plus faciles. Ils savaient exactement qui chercher. À l'occasion, des contacts que Squeaky avaient utilisés par le passé pourraient leur fournir quelques renseignements, en échange de la promesse de ne pas se voir refuser une aide médicale en cas de problème avec la loi – par exemple, une blessure à l'arme blanche difficile à expliquer, ou une balle de pistolet.

Plusieurs personnes que les deux compères interrogèrent dans des tavernes et des salles de spectacle un peu louches connaissaient le nom de Sadie. Apparemment, la jeune femme était d'une grande beauté, ainsi que l'avait affirmé le jeune homme de la veille, mais elle n'était ni chanteuse ni danseuse. Et, plus intéressant que ce physique parfait, elle possédait une énergie folle, une imagination et un rire fantasques qui fascinaient de nombreux hommes en dehors de Lucien Wentworth, même si tout le monde s'accordait sur le fait qu'il était, et de loin, le plus entiché. Il avait déjà été à deux doigts de tuer un client qui avait tenté de la prendre de force.

— À cause d'elle, ils se sont sauté à la gorge, leur apprit une vieille femme éprouvée par la vie, qu'ils rencontrèrent dans un bordel aussi cher que recherché, près de Half Moon Street. Ce Lucien lui a planté un couteau dans le ventre… Ce type est un cinglé ! ajouta-t-elle en passant la langue sur les rares dents qui lui restaient, encore imbibées du goût du whisky. Un jour, il va tuer quelqu'un. Si ce n'est déjà fait !

Squeaky lui remplit son verre en silence.

— Diable ! fit-elle en le prenant entre ses mains noueuses déformées par la goutte. Vous avez vu des combats de chiens ? Eh ben, c'était pareil. Ils étaient tous les deux là à s'exciter… Et elle a adoré ! Pour elle, c'est comme boire et manger. Voir le sang la met en transe. Elle avait des yeux de folle, et sa peau avait un éclat comme si elle était éclairée de l'intérieur.

— Et où est-elle ? demanda Crow, ne maîtrisant sa voix qu'avec difficulté.

— J'en sais rien.

— L'homme a-t-il survécu ? Celui à qui Lucien a donné un coup de couteau ?

— Pourrais pas vous dire, répondit la vieille avec un haussement d'épaules. Sans doute.

Squeaky contempla les mains enflées en essayant d'imaginer la douleur que devait ressentir la pauvre femme. Puis il posa sa main fine et robuste sur la sienne.

— Ce Lucien, il est allé où, à votre avis ? Si vous réfléchissez bien, je parie que vous le savez.

— Non. Dans des endroits dont il vaut mieux ne pas parler… Je ne sais rien. C'est plus sûr comme ça, conclut-elle en hochant la tête.

— Il est sage de prendre garde à qui on s'adresse, reconnut Squeaky. Mieux vaut ne le dire qu'à moi… et à lui, ajouta-t-il en montrant Crow.

Puis, très lentement, il lui serra la main de toutes ses forces en écrasant les doigts boursouflés.

— Oh, comme je suis maladroit ! s'exclama-t-il en feignant la surprise. La goutte, hein ? Ça fait très mal, à ce qu'il paraît. Vous devriez arrêter de boire. Où disiez-vous qu'ils sont allés ? Je n'ai pas bien entendu.

Imperceptiblement, il desserra son étau.

Après avoir lâché un chapelet de jurons qui auraient dû troubler le whisky, la vieille lui indiqua le nom de deux tavernes. La première se trouvait dans une ruelle au sud d'Oxford Street ; la seconde, plus au nord, sur une petite place derrière Wigmore Street.

Elle lui jeta un regard venimeux.

— Ils vous avaleront tout cru ! Mais allez-y, si vous y tenez ! Vous croyez tout savoir, hein ? Vous n'êtes que de la vermine de l'East End ! Vous ne savez rien de rien. Le West End, c'est autre chose… Ils vous noieront et s'en iront en sifflotant. Et le lendemain, on retrouvera votre cadavre dans le caniveau et tout le monde s'en fichera pas mal ! Personne n'oserait s'aventurer là-bas !

— Elle a raison, observa Crow lorsqu'ils ressortirent dans la rue glaciale.

— Parce que tu connais le West End, toi ? se moqua Squeaky.

Crow cligna des yeux. L'espace d'une seconde, Squeaky crut percevoir une lueur différente dans son regard bleu, comme si, à une époque, il avait été le genre d'homme à fréquenter de tels endroits. Mais l'idée lui sembla aussitôt absurde. Crow était toujours le même « futur » médecin qu'il connaissait depuis des années.

— On ferait mieux de dire à Mr. Rathbone qu'il est impossible de savoir ce qu'est devenu Lucien Wentworth, décida Squeaky. Il pourrait être n'importe où… même à Paris ou à Rome !

— Il ne faut pas pour autant renoncer, argua Crow. On a de bonnes chances de le retrouver.

— C'est vrai, mais à quoi ça servira ? Mieux vaut que son père n'apprenne jamais qui il fréquente. S'il est allé dans ces tavernes – et j'en ai entendu parler, quoi que tu en penses –, il ne reviendra pas. Ce n'est pas la peine qu'il le sache.

Crow demeura coi plusieurs minutes.

— C'est ce que tu voudrais, toi ? finit-il par demander.

— Comment diable je le saurais ? s'indigna Squeaky. Comme si j'avais des enfants qui auraient dû se comporter en gentlemen !

— À mon avis, il faut leur dire la vérité, murmura Crow d'un air songeur. Au moins à Mr. Rathbone. Il décidera quoi dire au père de Lucien.

— Tu es aussi mou que le purin ! s'exclama Squeaky en secouant la tête. Et à peu près aussi utile… Pourquoi voudrait-il le savoir ? Raconte-lui que Lucien est parti à Paris, et il cessera de le chercher !

— Alors ne lui dis rien. Je m'en chargerai.

En fin d'après-midi, dix jours avant Noël, Squeaky et Crow descendirent ensemble d'un fiacre à Primrose Hill. Dans la lumière du réverbère, ils remontèrent l'allée de la maison de Henry Rathbone. Avant de trouver son adresse, il leur avait fallu mener une petite enquête, de sorte qu'ils arrivaient plus tard qu'ils ne l'auraient voulu. Squeaky était très nerveux, et, même si Crow le cachait bien, il savait que le médecin l'était tout autant. C'était un quartier paisible et éminemment respectable. Tous deux s'y sentaient des étrangers. En outre, les nouvelles qu'ils apportaient n'avaient rien de réjouissant. Un message de défaite, en réalité.

La main sur le heurtoir en cuivre, Squeaky hésita. Être lâche à ce point le rendait furieux. Du temps où il était dans les affaires, il n'avait jamais été impressionné par personne et vendait des femmes à qui en voulait. Plein de mépris à l'égard de ses clients, il était très content de le leur faire savoir. Il s'agissait d'un échange simple : de l'argent contre une femme.

Bon, ce n'était peut-être pas aussi simple, mais pas loin de la vérité. Jamais il n'était question d'honneur ou d'embarras. Certes, il y avait parfois de la violence. Chacun devait respecter sa part du contrat. Et si vous les laissiez faire, les gens avaient tendance à se défiler. Si vous les autorisiez à profiter de vous rien qu'une fois, ils recommenceraient.

— Tu vas frapper ou tu comptes rester ici à tenir ce machin ? grommela Crow.

Squeaky souleva le heurtoir et le laissa retomber d'un coup sec.

— Et maintenant, regarde ce que tu m'as fait faire ! accusa-t-il son ami en le fusillant du regard.

La porte s'ouvrit sur un majordome au visage composé.

— Bonsoir, messieurs. En quoi puis-je vous être utile ?

Squeaky avala sa salive et faillit s'étrangler.

— Nous voudrions parler à Mr. Henry Rathbone, s'il vous plaît, répondit Crow, tandis que Squeaky tâchait de se ressaisir.

Le majordome cligna des yeux, l'air décontenancé.

— Mr. Rathbone a chargé Mr. Robinson ici présent de lui fournir un renseignement, enchaîna Crow. Nous sommes venus lui faire part du résultat de nos recherches et nous aimerions savoir quelle suite Mr. Rathbone souhaite donner à cette affaire.

— Vraiment ?

Le majordome avait l'air toujours aussi mal à l'aise. Ce n'était guère surprenant. Squeaky, tout maigre et les dents de travers, avait de longs cheveux gris qui retombaient sur le col de sa veste. Crow avait un charmant sourire avec de trop nombreuses dents. Ses cheveux étaient noirs comme de la suie, tout comme son manteau dépenaillé dont les pans flottaient au vent. Et, pour la bonne raison qu'il n'avait pas eu le temps de rentrer chez lui la poser, il tenait sa sacoche de médecin à la main.

Squeaky prit sa respiration avant de tenter une meilleure explication.

Sans doute parce qu'ils étaient sur le pas de la porte depuis un moment, Henry Rathbone apparut dans le vestibule derrière le majordome. Il reconnut Squeaky sur-le-champ.

— Ah, Mr. Robinson ! Vous avez des nouvelles ? Je ne vous connais pas, monsieur, ajouta-t-il en se tournant vers Crow, mais si vous êtes un ami de Mr. Robinson, soyez le bienvenu.

— Crow. Docteur Crow… enfin, presque, se présenta celui-ci d'un air penaud.

Sa voix contenait une pointe de nostalgie, comme si ce « presque » lui avait coûté davantage qu'il ne voulait l'admettre.

— Henry Rathbone. Enchanté ! Entrez, je vous prie. Avez-vous mangé ? Sinon, je peux vous proposer des toasts, un pâté belge très agréable ou du fromage de Brie, ainsi que de la tarte aux pommes avec de la crème. Chaude ou froide, comme vous préférez.

Crow ne put réprimer le sourire qui illumina son visage.

La perspective d'un tel souper faisait si fort envie à Squeaky qu'il en eut l'eau à la bouche. La culpabilité qu'il éprouvait par rapport aux nouvelles qu'il apportait l'envahit, mais seulement quelques secondes.

— Merci, Mr. Rathbone, s'empressa-t-il de répondre au cas où Crow aurait un autre avis. Très volontiers.

Il avança sur le seuil tandis que le majordome ouvrait plus grand la porte pour les laisser passer.

Ils s'installèrent dans le salon au coin du feu. Squeaky était fasciné, d'abord par le nombre de livres qui tapissaient les murs, ensuite par la beauté délicate de deux petits tableaux au-dessus de la cheminée. Sur les deux marines, l'eau avait une qualité presque lumineuse. Sentant le regard de Rathbone alors qu'il les admirait, il rougit.

— Ce sont des Bonington, dit posément Henry. Ils ont toujours exercé un attrait particulier sur moi. Je suis content qu'ils vous plaisent.

— Oui, bredouilla Squeaky, ne trouvant quoi dire.

Se voir encore plus déstabilisé qu'il ne s'y attendait ne fit que renforcer son malaise. Brusquement, il ne sut même plus que faire de ses mains ou de ses pieds.

Crow s'éclaircit la gorge en regardant son ami.

Henry l'observa et attendit.

Squeaky se lança. Mieux valait en finir une bonne fois pour toutes.

— Il se trouve que… nous avons entendu parler de Mr. Wentworth.

Henry se pencha vers lui avec intérêt.

— Vraiment ? Déjà ? C'est un excellent début.

Squeaky sentit sa peau se couvrir de sueur. Il était en train de tout gâcher… Il n'avait aucune envie de le tromper, sinon pour les meilleures raisons qui soient, pourtant c'est ce qu'il était en train de faire. La respectabilité lui avait fait perdre l'habitude de dire les choses telles qu'il voulait les dire.

— Son père avait raison, reprit-il. Il a de très mauvaises fréquentations. À commencer par une dénommée Sadie, une femme très nocive. Il semblerait qu'il se soit entiché d'elle. Il s'est querellé avec un rival, il a même failli le tuer et depuis, il n'y a rien d'assez stupide ou d'assez bas qu'il ne serait prêt à faire pour impressionner cette fille.

Il reprit sa respiration et enchaîna :

— Mr. Rathbone, il ne rentrera pas tant qu'elle lui donnera le genre d'attention qu'il réclame, or elle joue avec lui en se servant de cet autre jeune imbécile… C'est clair comme le jour pour tous ceux qui ont des yeux pour voir ! C'est un monde que vous ne connaissez pas, monsieur, et que vous ne voulez pas connaître.

Henry avait l'air triste, mais pas étonné.

— Je comprends, dit-il à mi-voix. La situation semble aussi désespérée que le craignait son père. Vous êtes également de cet avis, docteur ? demanda-t-il en se tournant vers Crow.

Ce dernier s'empourpra, gêné non pas par la question, mais par ce titre honorifique auquel il ne pouvait prétendre, et, qui plus est, de la part d'un homme qui lui en avait certainement le droit. Il le regarda dans les yeux.

— Oui, monsieur. J'ai bien peur que ce soit un milieu dont on ne s'échappe pas. Et pas seulement à cause de l'alcool, même si boire finit toujours par vous rattraper, mais de la violence. Cette jeune femme paraît s'y complaire. La vue et l'odeur du sang l'excitent, l'idée que des hommes s'entre-tuent pour elle.

— Voulez-vous dire par là qu'il ne faut rien tenter ? l'interrogea Henry.

Squeaky s'apprêtait à confirmer que c'était exactement ce qu'ils voulaient dire lorsqu'il aperçut l'expression de Crow et se ravisa.

— Oui, monsieur, répondit le médecin avec gravité. C'est son cœur qui retient cet homme. Je… je suppose que si on le retrouvait, on pourrait lui dire que son père attend son retour, mais je ne pense pas que cela changerait quoi que ce soit. À mon avis, il vaut mieux que cet homme ignore ce qu'est devenu son fils. Ce qu'il imagine est certainement terrible, mais quand on regarde la réalité en face, on ne peut plus y échapper. Il y a des choses qu'il est préférable de ne jamais voir.

— Oui, des quantités, admit Henry. Ce n'est cependant pas une raison pour les fuir. Si nous arrivions à convaincre Lucien qu'il est possible de revenir en arrière…

Squeaky se pencha en avant.

— Il ne le veut pas ! Personne ne le force à rester sinon lui. Crow a raison, Mr. Rathbone.

— Sans doute, murmura Henry. Néanmoins, j'ai donné ma promesse à Mr. Wentworth. Si vous aviez l'amabilité de m'indiquer le meilleur endroit par où commencer, je m'y rendrai. Et si vous avez un autre conseil…

Squeaky n'en pouvait plus. Cet homme était comme un agneau parmi les loups. Il n'avait aucune idée de ce qu'il devrait affronter, Au bout de même pas deux heures il se ferait dévaliser… et probablement tuer !

— Vous ne pouvez pas faire ça, dit-il simplement. On vous assommera et on vous abandonnera en pleine rue ! Peut-être même prendrez-vous un coup de couteau, surtout si Lucien apprend que vous êtes à sa recherche… Non, monsieur, je ne peux pas vous laisser faire ça.

— Je ne le fais pas par choix, Mr. Robinson, répliqua Henry avec gentillesse. J'ai promis à un vieil ami de faire tout ce qui me serait possible. Or je ne l'ai pas encore fait. S'il vous plaît, donnez-moi les conseils que vous jugerez bons, et permettez-moi de vous rembourser pour votre peine et les frais que avez dû avancer.

— Nous n'avons rien avancé, assura Squeaky, avec une honnêteté que, s'en rendit-il compte, il regretterait plus tard.

Il vit la perplexité dans le regard de Rathbone.

— J'ai soulagé un ou deux gentlemen de gains qu'ils avaient injustement acquis, expliqua-t-il sans sourciller. Je m'en suis servi pour monnayer quelques renseignements. Et cela ne nous a donné aucune peine. Vous ne nous devez par conséquent rien du tout.

Il s'apprêta à se lever, mais, voyant que Crow ne l'imitait pas, il se rassit.

— Et nous avons fait un délicieux souper, ajouta-t-il.

Crow respira à fond, comme pour se calmer, puis parla très vite.

— Si vous êtes décidé à y aller vous-même, je vous accompagnerai. Je connais le chemin mieux que vous.

Squeaky s'en voulut. Il aurait pourtant dû voir le coup venir ! Il savait que Henry Rathbone était un imbécile, mais il aurait dû comprendre que Crow en était un aussi.

— Aucun de vous ne sait rien ! s'énerva-t-il. Autant lâcher des chatons au milieu d'un combat de chiens ! Je viendrai avec vous.

Il aurait aimé en dire plus long, mais ce n'était pas la peine, sans doute, d'autant que chaque fois qu'il ouvrait la bouche il se compromettait davantage.

— Je vous en remercie, Mr. Robinson, dit Henry avec un grand sourire.

En fin de soirée, ils sortirent tous les trois. Ils prirent un fiacre, que paya cette fois Rathbone, et se firent déposer dans Oxford Street.

Après être tombés d'accord pour partir ensemble, ils avaient discuté des détails pratiques autour d'une tasse de thé et d'un cake aux fruits. Ils avaient désormais une idée précise de la femme qu'ils cherchaient, ainsi que son nom et celui de son autre amant, Niccolo, et savaient donc exactement par quels endroits commencer.

— Près d'Oxford Street, dit Squeaky d'un air entendu. Rien de bon marché. Cette fille aime l'argent et la classe. Les ivrognes qui roulent sous les tables ne l'amusent pas. On en croise partout.

Henry tressaillit.

Sa réaction n'échappa pas à Squeaky.

— Vous êtes certain de vouloir retrouver ce Lucien ?

— Certain, répondit Henry à voix basse.

Crow garda le silence, mais on voyait bien qu'il était contrarié. Il n'essaya pas de dissuader Henry. À sa manière, peut-être même qu'il le comprenait.

— Alors, allons-y ! dit Squeaky en se levant.

Ils allèrent de taverne en salle de spectacle en remontant la piste de ceux qui avaient vu ou entendu parler de Sadie, de Lucien et de Niccolo. Plus l'heure avançait, plus paillardes devenaient les chansons. Dans les galeries qui dominaient les scènes de fortune, des prostituées se pavanaient pour attirer l'attention d'un client, avant de disparaître dans une des nombreuses chambres réservées à cet effet.

L'alcool coulait à flots, principalement le whisky et le gin. Et, si on en faisait la demande, accompagnée de la somme nécessaire, on pouvait se procurer du laudanum, de l'opium et d'autres substances plus fortes, comme la cocaïne, dans le but d'accroître la richesse de l'expérience ou de chasser un chagrin qui aurait risqué d'en amoindrir le plaisir.

Henry Rathbone dissimulait son dégoût avec une difficulté évidente. À mesure qu'avançait la soirée, Squeaky perçut dans son regard ce qu'il savait être un sentiment de pitié.

Quant à Crow, il posait des questions et Squeaky remarqua avec quelle acuité il observait ces êtres au teint terreux ou couvert de croûtes que ni le maquillage ni la poudre ne parvenaient à dissimuler. Un sentiment de désespoir s'empara de lui.

Au petit matin, non loin de Piccadilly, dans un vieux music-hall éclairé au gaz, ils rencontrèrent Bessie. Elle devait avoir quatorze ou quinze ans. Deviner son âge était difficile car elle était menue et plate de poitrine, mais sa peau n'avait pas encore perdu son éclat naturel. Elle apportait les boissons que préparait le barman, lequel empochait l'argent dès qu'il les avait servies. Bessie se déplaçait au milieu de la foule avec une certaine grâce. Toutefois, malgré son air d'innocence, elle semblait tout à fait capable de rendre coup pour coup. Un homme qui s'aventura à la tripoter se prit un verre de cidre entier sur les genoux. Fou de rage, il se leva d'un bond, suscitant les éclats de rire railleurs de ses voisins.

— Vous cherchez Lucien ? fit-elle en réponse à la question de Henry. Il n'est plus là. Il est parti rejoindre cette Sadie, dit-elle avec une moue qui ne trahissait pas tant sa répugnance qu'un profond dépit. Un homme comme lui devrait pourtant savoir à quoi s'en tenir !

— Vous le connaissez ?

La petite haussa une épaule malingre d'une manière qui lui donna un air étrangement adulte.

— On a bavardé un peu. Ou plutôt, je l'ai écouté. Si vous aviez vu comme ses yeux brillaient quand il parlait d'elle ! Comme si pour lui c'était Noël… À mon avis, ce serait plutôt un épouvantable Halloween ! C'est bien cette nuit-là que sortent les diables, non ? Dieu sait qui on risque de rencontrer… Mais dans le genre fofolle, Sadie était jolie, ajouta-t-elle avec un regard mélancolique.

— Savez-vous où ils sont ? Je suis un ami du père de Lucien et j'aimerais lui transmettre un message.

Bessie fit signe que non.

— Même si je peux plus ou moins deviner… J'ai beau ne jamais être allée là-bas, j'en ai entendu parler, murmura-t-elle, semblant hésiter à en dire davantage.

— Où ça, là-bas ? la pressa Crow.

— Je ne sais pas.

Sur ces mots, Bessie prit son plateau chargé de verres et s'éloigna dans la foule.

Crow pesta dans sa barbe.

— Vous pensez qu'elle sait quelque chose ? lui demanda Henry, l'air sceptique. Ce n'est qu'une enfant.

Squeaky se leva et se fraya un passage entre deux hommes qui tenaient des verres de whisky remplis à ras bord. L'un d'eux renversa le sien en proférant une insulte. Squeaky ne lui prêta pas attention, pas plus qu'aux filles très fardées qui se trouvaient derrière eux, flirtant à qui mieux mieux. Un homme et une femme en robe rouge se disputaient sur le prix de l'opium, deux autres sur celui de la cocaïne. Squeaky rattrapa Bessie à l'instant où elle arriva devant le barman.

— Qu'est-ce que tu allais dire, au sujet de Lucien ? Tu sais où le trouver ?

Il se demanda s'il fallait lui proposer de l'argent ou si elle le prendrait comme une insulte. Elle devait pourtant en avoir le plus grand besoin. Mais les plus désespérés étaient souvent aussi les plus prompts à se sentir offensés.

— On voudrait que tu nous aides, ajouta-t-il.

Et si elle réclamait de l'argent, il lui en donnerait. Enfin, celui de Rathbone.

Bessie le toisa en faisant la moue.

— Il refusera de venir avec vous, affirma-t-elle.

— Je le sais bien. Mais pas Mr. Rathbone. Disons qu'il est un peu… naïf. Il ne renoncera pas tant qu'il ne l'aura pas vu de ses yeux.

— Ça ne servira à rien, fit la gamine en secouant la tête. Mais je peux vous aider, si vous voulez.

— Tu nous montres où c'est ?

Bessie hésita. Une lueur affolée assombrit son petit visage.

— On veillera sur toi. Personne ne te fera de mal, promit Squeaky sans réfléchir, comprenant aussitôt qu'il parlait dans le vide.

— Sans doute, dit-elle en fixant le sol.

Et brusquement, elle releva les yeux, des yeux brillants et apeurés.

Squeaky jura en son for intérieur. Décidément, il perdait la main !

Les deux soirs suivants, Squeaky ressortit en compagnie de Henry, Crow et Bessie, s'enfonçant de plus en plus dans le monde sordide des plaisirs illicites. Dans New Bond Street, ils prirent une ruelle en direction de l'ouest, puis descendirent presque aussitôt un escalier qui menait à une cave chichement éclairée. Là, des hommes et des femmes étaient affalés un peu partout, les uns sur des lits de fortune, les autres à même le sol.

À peine avait-il fait quelques pas que l'odeur fit s'immobiliser Henry qui grimaça de dégoût.

— Ne vous arrêtez pas, lui dit Squeaky. C'est l'opium, la sueur et le sexe. N'y prêtez pas attention.

Docile, Henry continua à avancer. Un peu plus loin, un homme en manteau noir qui titubait sur ses jambes flageolantes riait sans raison. À sa gauche, quelqu'un pleurait ; dans la lumière rougeoyante, on n'aurait su dire s'il s'agissait d'un homme ou d'une femme. Il était difficile d'associer ce lieu à la notion de plaisir, et pourtant, ces gens étaient venus ici de leur plein gré – du moins, la première fois.

Il observa un homme aux traits déformés qui se balançait d'avant en arrière, pensant pouvoir s'accrocher à une extase, mais elle était si brève et si illusoire qu'elle lui échappa au moment même où ils le dévisageaient.

Bessie passa devant eux, hésitant de temps à autre. Régulièrement elle se retournait pour s'assurer qu'ils étaient bien tous là, comme si elle craignait de découvrir tout à coup qu'elle était seule et qu'ils l'avaient trahie. Par moments, elle s'accrochait à Squeaky, agrippant sa main fine avec tant de force que ses petits doigts costauds s'enfonçaient dans sa chair. Et elle avait beau lui faire mal, les deux fois où elle le relâcha, il se sentit blessé, comme si elle lui signifiait qu'elle pouvait se passer de lui.

« Squeaky, tu ne sais plus où tu en es, songea-t-il, écœuré. Toi qui as toujours pensé qu'être respectable était idiot… eh bien, tu en as maintenant la certitude ! »

Pour Henry Rathbone, c'était une sorte de descente aux enfers qui ne se limitait pas à ce qu'il voyait ; le tumulte, les émanations corporelles et les relents d'alcool étaient presque pires. Il eut un haut-le-cœur devant cette crasse incrustée partout, mêlée à la puanteur des égouts. Des voix s'élevaient, fortes et impétueuses, puis se transformaient en râles et en gémissements. Devant lui, un homme riait d'un rire hystérique insensé sans parvenir à s'arrêter.

Quant à Crow, il ne voyait dans tout cela que les symptômes de diverses maladies. Un ivrogne traversa la salle d'un pas titubant et s'effondra sur le côté. Il avait le nez enflé et couperosé, la peau flasque. Crow recula malgré lui et se cogna contre un autre homme. Celui-ci avait le visage ulcéré, le teint jaunâtre à cause de la jaunisse et le blanc des yeux de la couleur de l'urine.

Le cauchemar empira. Dans de telles circonstances, le savoir était une malédiction.

Il se heurta à un jeune couple qui donnait l'impression de ne pas maîtriser ses gestes et de ne plus savoir où il était, le regard flou, ne parvenant pas à se fixer sur quoi que ce soit ne fût-ce qu'une seconde.

Le garçon, âgé d'à peine trente ans, voulut attraper une bouteille qui lui glissa des mains et se brisa en éclatant sur le sol.

Deux hommes âgés engagèrent une discussion incohérente, puis s'égarèrent, comme si les idées sur lesquelles elle reposait leur échappaient pour aller se perdre dans le brouillard.

Crow en connaissait les raisons. Ceux qui buvaient jusqu'à sombrer dans le néant ne mangeaient que rarement. Ils avaient le ventre gonflé, et pourtant ils mouraient de faim. Peut-être était-ce la base de tout : leurs rêves comme leurs sens se consumaient désespérément sans jamais être comblés.

Et soudain, au milieu de ces clameurs confuses et de ces gémissements, quelqu'un prononça le nom de Lucien. Crow se retourna aussitôt. Une vieille femme aux cheveux rougis au henné était en train d'expliquer à Henry qu'elle avait croisé Lucien deux jours plus tôt.

— Il était mignon et il parlait gentiment, dit-elle dans un sourire édenté. Il y a vingt ans, quand j'étais jeune, je l'aurais pris !

Crow se fit la réflexion que sa jeunesse devait plutôt remonter à quarante ans, sinon cinquante, mais il se garda de l'interrompre.

— Avec qui était-il ? demanda Henry.

— Un autre joli garçon. Mais il a l'œil mauvais, celui-là… Il vous regarde comme si vous étiez un rat ! Le vieux Robert a horreur des rats. Quand il en attrape, il leur tord le cou !

Elle tordit ses deux mains d'un coup sec, comme pour essorer du linge, puis fit claquer sa langue en imitant le bruit d'un os qui se brise.

— Ces deux-là étaient-ils amis ? interrogea Henry, s'exhortant à la patience.

— Ils ne sont amis avec personne ! rétorqua la vieille, l'œil méprisant. Surtout ces deux-là ! Ils couraient après la même drôlesse !

— Sadie, devina Henry.

— Possible. Une fille tout en jambes, les cheveux noirs comme le jais…

— Où puis-je les trouver ? s'enquit-il d'un ton abrupt.

La vieille femme se contenta d'éclater de rire.

— Où puis-je les trouver ? répéta Henry avec une pointe d'agacement.

— Quoi ? fit-elle en clignant des yeux.

— Ils sont où, espèce de vieille imbécile ? s'énerva Squeaky.

Elle posa les yeux sur lui.

— Va demander à l'Homme de l'Ombre, siffla la vieille. On verra bien s'il te le dira ! Va donc rejoindre son âme !

Il y eut un instant de silence. Plusieurs personnes qui se tenaient alentour reculèrent de quelques pas.

— L'Homme de l'Ombre ? Qui est-ce ? demanda Henry.

— Shadwell, qu'il s'appelle. Mais moi, je l'appelle le diable !

La vieille femme le fixa une seconde, puis son visage fut pris de convulsions et elle se mit à trembler comme une feuille.

Henry se tourna vers Crow.

— Pouvez-vous lui venir en aide ? Elle fait une sorte de crise. N'y a-t-il pas quelque chose à faire ?

— Personne ne peut rien pour elle, répondit Crow. Ses démons sont dans sa tête… Venez ! Il reste encore un endroit où tenter notre chance. Pas très loin d'ici.

— Vous êtes sûr ?

— Vous en avez assez ? rétorqua le médecin avec bienveillance.

— Non, dit Henry en se redressant. S'il reste une chance, allons-y ! La rumeur a dû circuler. Est-il possible de descendre encore plus bas ?

— Il existe un réseau de tunnels au-dessous de la Tamise, répondit Squeaky. D'anciens tunnels, qui datent d'avant la reconstruction des égouts. Croyez-moi, nous ne sommes pas encore au fond ! Bien que le véritable fond doive se trouver un peu avant celui-là.

Henry le dévisagea sans comprendre.

— Le fond du désespoir, expliqua Squeaky. Sans parler de celui où se mêlent le pouvoir et la cruauté. Nous n'avons pas encore atteint ces lieux de débauche où se pratiquent des sévices comme dans les peintures de cet Allemand… à moins qu'il ne soit hollandais. Des scènes de torture, de choses avec des animaux qu'on n'imaginerait même pas !

— Jamais Lucien ne serait... commença Henry. Mais peut-être que si. Comme vous le dites si bien, c'est dans l'esprit que siègent les véritables démons. S'ils triomphent, la souffrance des autres peut dès lors ne plus être à nos yeux qu'illusoire.

Squeaky ne fut pas certain de comprendre ce qu'il voulait dire. Les démons qu'il connaissait quant à lui étaient bien réels ; le froid, la faim, la maladie, la peur et parfois même la solitude. Ce n'était en rien des illusions.

— Qui est ce Shadwell ? demanda Crow en les regardant tour à tour. Vous croyez que c'est la boisson qui fait délirer la vieille femme ainsi ?

— Pas du tout ! s'exclama Bessie, intervenant pour la première fois dans la conversation. Il existe bel et bien !

— Vous le connaissez ? questionna Henry.

Une lueur affolée dans les yeux, la gamine mit les mains devant son visage.

— Oh non ! Je ne le regarde jamais ! N'empêche que je l'ai déjà entendu. Il a la voix très douce, comme s'il avait un truc coincé dans la gorge qui l'empêchait de parler normalement. Mais on le comprend quand même très bien.

— Tu es sûre que tu n'inventes pas ? fit Squeaky en lui jetant un regard en biais.

— Mais oui, j'en suis sûre ! Il est tout ce qu'il y a de vrai. Je veux bien vous montrer où il va, mais je n'irai pas.

Elle lui tendit sa main et, tout en se maudissant une fois de plus, Squeaky la prit.

Bessie les entraîna dans des ruelles glaciales. À la lueur des réverbères, les longues stalactites accrochées aux avant-toits scintillaient tels des poignards. L'air sentait la suie que recrachaient les vieilles cheminées et l'odeur nauséabonde des égouts à ciel ouvert.

Ils tournèrent sur une petite place avant de passer sous une arche pour entrer dans un bordel. La tenancière les accueillit d'un air revêche.

— Veuillez nous excuser, s'empressa de dire Henry. Nous nous sommes apparemment perdus.

La mère maquerelle ventripotente éclata de rire en laissant échapper un rot.

— Si vous n'avez pas de sous, par ici la sortie ! ordonna-t-elle en tendant la main vers la gauche.

Ils descendirent docilement une volée de marches, empruntèrent un passage obscur, puis débouchèrent dans une salle qui semblait être le vestibule d'une immense maison. L'endroit leur parut tout d'abord tranquille, lorsqu'un cri les fit se serrer les uns contre les autres, comme s'ils se trouvaient face à une menace invisible.

Et soudain, un homme appuyé sur une canne apparut sur le seuil. De la taille de Squeaky, mais d'une maigreur squelettique, il avait un visage très pâle, comme passé à la céruse, et des yeux étranges, l'un plus clair que l'autre, et les deux cernés de noir. Il portait des culottes à l'ancienne qui lui arrivaient au genou et une redingote de velours, le tout d'une teinte lavande fanée. On aurait dit qu'il sortait d'un autre siècle. Il les toisa avec attention.

— Il n'y a rien ici pour vous, déclara-t-il d'une voix pédante. Vous voulez vous perdre, c'est cela ? demanda-t-il en s'adressant à Henry Rathbone.

— Nous cherchons un ami, répondit ce dernier avec politesse. Nous pensons qu'il pourrait être venu ici. Peut-être l'avez-vous vu ?

— Je vois tout le monde, mon cher !

Au moment où l'homme s'approcha d'un pas, Squeaky sentit un courant d'air traverser la salle.

— Tôt ou tard, ajouta l'étrange personnage, les lèvres tordues sur ce que l'on aurait pu difficilement qualifier d'un sourire. À quoi ressemble votre ami ?

— Il est âgé d'une trentaine d'années, brun, mince et plutôt séduisant.

Henry chercha quoi dire d'autre pour décrire Lucien de manière plus singulière.

— Ses yeux sont plus noisette que marron, et il parle d'une voix un peu rauque.

Se ridiculisait-il en donnant ces détails ? Que remarquait cet homme dans l'apparence de ceux qu'il croisait ?

— Ah, oui ! soupira l'homme, semblant en proie à une profonde émotion. Il est venu ici. Avec Sadie, cette chère imprévisible et dangereuse Sadie ! Elle est si drôle, dans ses bons jours… Ou plutôt devrais-je dire ses nuits ! Il lui arrive d'être d'une grande cruauté, mais n'est-ce pas notre lot à tous ?

Son regard s'arrêta sur Bessie, qui recula en frémissant et se pressa contre Squeaky.

Sans réfléchir, ce dernier entoura son épaule de son bras, se demandant aussitôt ce qu'il était en train de faire. Il se ramollissait ! Ses émotions se gâtaient à la même vitesse que ses pensées.

— Où pouvons-nous les trouver ? insista Henry, en faisant face à l'homme dans son absurde tenue lavande.

Squeaky s'émerveilla de tant d'obstination. S'il avait peur, le regard bleu et serein de Rathbone n'en laissait rien paraître. Ce n'est qu'en voyant ses mains crispées qu'il comprit qu'il faisait un effort pour les laisser pendre de façon apparemment aussi décontractée. Quel homme étrange, ce Rathbone !… Et totalement incompréhensible. Pourtant, il ne parvenait pas à éprouver à son égard le dédain qu'il aurait voulu avoir.

Toute cette aventure était une très mauvaise idée. Il aurait dû faire preuve de davantage de bon sens en renvoyant Henry Rathbone, lui et ses rêves. Cela aurait mieux valu pour tout le monde – y compris pour ce jeune homme gâté et qui se complaisait dans sa descente aux enfers ! Qu'on le laisse y sombrer, si tel était son désir ! Il ne reviendrait pas. Il fallait être un sacré imbécile pour ne pas le savoir.

L'homme au manteau lavande pivota sur un talon dans un équilibre bancal et indiqua une petite porte sur sa gauche.

— Par là, murmura-t-il. Et en bas, toujours plus bas.

— Merci, Mr… ?

— Ash, répondit l'étrange personnage en s'inclinant maladroitement. Lionel Ash.

— Merci, Mr. Ash.

Crow passa le premier. Ils venaient de franchir la porte lorsque Ash les interpella :

— Prenez garde au sang ! N'allez pas glisser !

Aussitôt Henry fit demi-tour, suivi des autres, et Crow referma la porte.

— De quel sang parlez-vous ? s'enquit Henry, un brin agacé.

— Du sang qui se trouve au bas des marches, répondit Ash. Par terre. C'est épouvantable.

— Le sang de qui ? lança Squeaky en le saisissant à la gorge, ses doigts puissants s'enfonçant dans la peau décharnée sans rencontrer la moindre résistance.

— Quel mauvais caractère ! observa Ash, apparemment insensible au fait qu'il risquait de lui broyer le cou.

Squeaky sentait ses tendons et ses os. Quand il voulut le soulever de terre, il s'aperçut qu'il pesait extrêmement lourd.

— Le sang de qui ? répéta-t-il.

— De ceux qui ont été tués là, imbécile ! répondit Ash. C'était affreux…

Il fut agité d'un violent frisson, comme s'il était pris de convulsions. Puis, d'un seul coup, son corps devint tout mou. Il donna l'impression qu'il allait s'écrouler lorsque des larmes coulèrent sur ses joues livides.

— Tant de sang… Tant de sang ! se lamenta-t-il dans un murmure.

Crow jura dans sa barbe. Le front plissé, il jeta un regard à Bessie, puis à Henry Rathbone.

— Tu ferais mieux de le lâcher, dit-il à Squeaky. S'il ne respire plus, il ne pourra rien nous dire du tout.

Squeaky desserra son étreinte, puis repoussa Ash d'un geste brutal contre le mur.

— Qui a été tué ? demanda-t-il d'un ton pressant.

Ash lissa sa redingote. Ses yeux n'étaient plus que deux fentes dans son visage blanc comme un linge.

— Le beau jeune homme et la fille à la crinière noire de jais, répondit-il. N'est-ce pas eux que vous cherchiez ?

Les épaules de Henry s'affaissèrent. La colère et l'espoir désertèrent son regard.

— Vous avez affirmé qu'il était descendu par là, dit-il en secouant la tête.

— Oh oui, il est descendu très, très bas ! confirma Ash. Dans des abîmes que nul n'imagine. Dans les rêves, peut-être, dans les ténèbres silencieuses de la nuit, dont on sort couvert de sueurs froides… Là, tout en bas, où les ombres se déplacent parmi les ombres ! gloussa-t-il dans une sorte de sanglot. L'Homme de l'Ombre.

Soudain, Henry s'énerva.

— Vos cauchemars n'ont pas plus de réalité que ceux du premier ivrogne ou fumeur d'opium venu ! Ce ne sont que des diables de papier ! Lucien est-il mort ou en vie ?

— Voilà une question d'ordre philosophique…

Ash avait reporté toute son attention sur Henry, comme si Crow et Squeaky n'existaient pas ; quant à Bessie, elle était une créature appartenant déjà plus ou moins à ce monde.

— À quel moment franchissons-nous cette mince et éternelle frontière ?

— Quand notre cœur cesse de battre et que nos yeux se voilent, répondit Henry d'un ton cassant.

— Ah… le cœur ! s'exclama Ash dont les larmes se remirent à couler. Qui sait où était leur cœur ? Les yeux se voilent de bien des manières… Qui voit ? Qui ne voit pas ?

Squeaky perdit patience. Empoignant Ash par le col de sa redingote, il le secoua sans ménagement.

— On ferait mieux de l'emmener. Il met trop de temps à donner des réponses claires, dit-il en le tirant vers la porte.

Brusquement, le col de la redingote se déchira, les revers pendouillant de guingois, le dos fendu de part en part.

La fureur déforma les traits d'Ash. Le teint toujours aussi blême sous son étrange maquillage, ses lèvres sombres dévoilèrent de petites dents jaunes et pointues.

— Vous me le paierez ! rugit-il. Vous n'êtes qu'un philistin ! Un animal geignard ! Allez donc le chercher, votre Lucien ! s'écria-t-il, ses doigts aux longs ongles pointés vers la porte. Et prenez garde qu'il ne vous lacère le cœur à votre tour !

Crow rouvrit la porte en grand, puis attrapa Bessie par la main. Squeaky et Henry leur emboîtèrent le pas et ils descendirent un étroit escalier en pierre. Une lanterne accrochée au mur diffusait une chiche lumière. En bas des marches, où le passage s'élargissait, ils aperçurent des taches de sang. Bien que rien ne permît d'en avoir la certitude, Henry ne douta pas une seconde qu'il s'agissait de sang humain.

Aussi immobile qu'une statue, il observa les murs et le sol tout en respirant l'atmosphère aux relents viciés : la boue, le suif, une odeur métallique, une aigreur comme en dégagent les excréments, la terreur et le désespoir.

— Lucien a-t-il été la victime ? Ou bien est-ce lui qui a tué Niccolo et Sadie ici ?

Sa voix trembla un peu tandis qu'il formulait à haute voix ses craintes les plus enfouies. Squeaky le devina comme s'il connaissait l'homme depuis de longues années. Cependant, il n'avait pas envie de le connaître. Il n'avait pas envie d'être obligé de l'aimer ni même de l'admirer. Rathbone n'était qu'un rêveur et un fou. Il n'avait aucune prise sur les réalités de l'existence. On aurait dit un enfant – bien plus encore que Bessie qui elle, au moins, savait quoi attendre de la vie !

Squeaky aurait bien voulu prononcer des paroles sensées, mais il savait que celles-ci devraient refléter la vérité. Il regarda Crow qui était en train d'inspecter le sol et le bas des murs. On distinguait sur la pierre des éraflures et des éclaboussures de sang – si toutefois c'était bien du sang ! À cet endroit même, quelqu'un avait été blessé assez grièvement pour se vider de son sang. Qui avait déplacé le corps ? Et pour quelle raison ?

Squeaky se tourna vers Henry.

— Vous êtes certain de vouloir continuer ? Si c'est Lucien qu'on a assassiné ici, son père ne voudra pas l'entendre. Et encore moins si c'est lui qui a tué Niccolo ou Sadie ! Pourquoi ne pas lui dire simplement que nous avons essayé, mais que nous n'avons pas retrouvé sa trace ? Il n'a pas besoin d'en savoir plus.

— Je préférerais pouvoir lui raconter cela…

Henry scruta la pénombre. Plus loin, le passage semblait remonter en pente.

— … seulement, je ne suis pas très bon menteur.

— Eh bien, je m'en chargerai, déclara Squeaky. Je suis très doué dans ce domaine.

Henry lui sourit.

— C'est aimable à vous, Mr. Robinson, cependant, au bout du compte, mentir ne servirait à rien. James Wentworth est mon ami. Je lui dois mieux qu'un mensonge.

— Et pourquoi ? s'étonna Squeaky, non sans logique. Vous lui devez quelque chose ?

— Pas si simple que ça… Mais oui, sans doute. L'amitié. Être là au fil des années, en sachant quand il est opportun de se montrer curieux ou de garder le silence. Partager des choses parce qu'elles étaient importantes à mes yeux, même si elles ne l'étaient pas pour lui. Il me rapportait des histoires amusantes et intéressantes qu'on lui avait racontées et me parlait ouvertement autant de ses échecs que de ses succès.

Squeaky entrevit quelque chose de nouveau, et qui peut-être était beau. Mais voilà, il avait le sentiment d'arriver après la fête. Comme si la musique s'était tue et qu'il en percevait encore l'écho.

Crow se redressa, le visage semblable à un masque dans la pénombre.

— J'ai la quasi-certitude que deux personnes au moins ont été tuées ici même, annonça-t-il avec le plus grand calme. Et de façon très violente. La première ici, où il y a la mare de sang.

Il montra la tache la plus étendue.

— Mon impression est que deux personnes se sont battues, dit-il en observant les traces sur le sol, apparemment piétinées par des pieds qui avaient dû glisser sur le sang. Quant à la seconde, poursuivit-il, si elle n'a pas été tuée, elle a dû être gravement blessée. Le pantin au visage cérusé avait raison… Que Lucien soit ou non l'une des victimes, il faut que l'on sache ce qui s'est passé.

— Oui, absolument, confirma Henry. Et si ce n'est pas lui, savoir ce qu'il est devenu et… découvrir qui est le meurtrier si les victimes sont Sadie et Niccolo.

Squeaky s'abstint de souligner que ce ne pouvait être que Lucien. Ce pauvre Rathbone avait déjà bien assez à faire ! Il devait être épuisé, transi de froid et affamé, et aucun d'eux n'avait idée de l'heure, ni ne savait même vaguement où ils se trouvaient.

Crow fourra ses mains dans ses poches.

— Il faut trouver quelqu'un qui connaisse Lucien et qui soit capable de nous renseigner sur ce qui s'est passé. À en juger par le sang encore visqueux, le crime s'est produit il n'y a pas très longtemps.

— Comment ça « pas très longtemps » ? demanda Squeaky, un tremblement dans la voix. Et d'ailleurs, où est le corps ? Vu la quantité de sang, quelqu'un est mort, c'est certain ! Mais comment savoir si c'est un homme ou une femme, et à plus forte raison si c'est Lucien ?

— Nous n'en savons rien, répondit Henry. Raison pour laquelle il nous faut une preuve. Quelqu'un a déplacé le corps… Où et pourquoi ? Mais d'ailleurs, où est-on ?

— Dans un passage qui relie deux clubs, répondit Squeaky en regardant les murs tachés, l'un en pierre, l'autre en brique. Ou plusieurs. J'arracherai la vérité à quelqu'un…

S'avançant vers la lanterne, il la dépassa et aperçut une fourche qui partait vers la droite. Sous Londres existait tout un réseau de tunnels, il le savait pour les avoir à une époque empruntés. Il avait oublié l'obscurité qui y régnait, *choisi* d'en oublier l'odeur. Mais à présent, tout lui revenait, comme si les années écoulées depuis s'étaient effacées et qu'il était de nouveau un jeune homme colérique, désespéré et cupide qui vendait et achetait tout et n'importe quoi, à commencer par des personnes. Ce qu'il ressentait était plus que du dégoût, pire que cette puanteur tenace qui le prenait au nez et à la gorge.

Bessie le tira par un pan de sa veste. Il voulut se retourner pour lui flanquer une gifle. Cette gosse avait en lui une confiance aveugle, c'était absurde ! On aurait dit qu'elle cherchait à lui rappeler toutes ces filles qu'il avait mises sur le trottoir, tous ces visages dont il n'avait même plus le souvenir.

Squeaky s'immobilisa de façon si brusque que Bessie se cogna contre lui, les mains toujours agrippées à sa veste.

— Arrête ! dit-il excédé. Cesse de me suivre comme…

Il allait dire « comme un chien », mais c'eût été trop dur, même si c'était la vérité. Cette gamine avait l'air d'un petit chien bêtement fidèle qui s'attendait à être bien traité. Sans cesser de le dévisager, Bessie lâcha sa veste.

Le regard avec lequel elle le fixa lui fit l'effet d'un coup de pied dans le ventre.

— … comme si je pouvais veiller sur toi ! dit-il finalement. Il faut qu'on découvre ce qu'est devenu le cadavre. Que tu voies ça ne serait pas bien. Reste avec Mr. Rathbone.

— Des cadavres, j'en ai déjà vu ! rétorqua Bessie en reprenant le pan de sa veste. Je vais vous aider.

Squeaky pesta. Il sentit sur lui le regard de Rathbone, bien que celui-ci fût de l'autre côté de la lanterne et qu'il distinguât seulement sa silhouette.

— Vous n'allez pas plus loin ? interrogea Bessie. Vous n'allez pas abandonner, dites ?

Jurant de nouveau, Squeaky s'éloigna dans le passage, puis il monta quelques marches et se retrouva face à une porte. Derrière résonnaient des rires et de la musique.

— Non, je n'abandonne pas. Mais il faut qu'on réfléchisse à ce qu'on va faire. Si Lucien est mort, c'en est fini de tout.

— Si ce n'est pas Lucien, qui a été tué ? demanda Henry. Et, plus important, qui est le meurtrier ?

— Vous voulez dire, si c'est Lucien ? questionna doucement Crow. Tenez-vous réellement à le savoir ? Que ferons-nous si c'est lui ?

Henry demeura silencieux un instant. Personne ne le dérangea dans ses réflexions.

— Tout dépendra des raisons qui l'y ont amené, répondit-il, un nouvel espoir perceptible dans la voix. Peut-être n'a-t-il commis ce geste que pour se défendre… Dans un endroit pareil, on est en droit de l'imaginer !

Squeaky se sentait déchiré entre la pitié et l'envie de supplier Rathbone de ne pas être aussi naïf. La situation était de plus en plus grotesque…

— Jamais Lucien n'irait tuer quelqu'un à moins d'y être obligé, dit alors Bessie. Enfin… si ce n'est pas lui qu'on a tué !

— En effet, confirma Henry avec chaleur. Il nous faut parler à une personne qui l'aura vu au cours de ces dernières heures… Disons, deux ou trois heures. S'il vous plaît, Mr. Robinson, passez devant. Si nous parvenons à mettre la main sur Sadie, elle le saura peut-être.

Ravalant les mots qui lui brûlaient les lèvres, Squeaky se remit en marche.

Toute la nuit et jusqu'à ce que se lève l'aube glaciale, ils passèrent de taverne en asile de nuit et en lieu de débauche. Ils secouèrent de pauvres hères pour les réveiller et leur demander s'ils avaient vu Lucien ou Sadie. Ils proférèrent des menaces et firent des promesses. Squeaky mentit avec beaucoup d'originalité. Henry tenta même de soudoyer plusieurs malheureux – à l'aide de quelques pièces ou d'un sandwich au jambon acheté à un vendeur à la sauvette –, mais personne ne reconnut savoir quoi que ce soit concernant le meurtre. Même proposer un café bien chaud à une échoppe n'aboutit à rien d'intéressant.

Ils s'adressèrent à des clochards tapis sous des porches, couverts de vieilles hardes ou de vieux journaux et de cartons d'emballage, parfois trop saouls pour se rendre compte qu'ils risquaient de mourir de froid. Les questions sur Lucien et Sadie ne suscitèrent que des regards absents. Et il en alla de même la plupart du temps lorsqu'ils mentionnèrent le nom de Shadwell. Seules deux ou trois personnes réagirent par un total déni en se mettant à trembler plus fort que ne le justifiait le froid du petit matin.

Nos enquêteurs finirent par s'arrêter dans une taverne près de Shaftesbury Avenue où ils prirent un petit déjeuner. Malgré la saleté de l'établissement, qui sentait la fumée et la bière, un grand feu flambait dans l'âtre. Prenant place autour d'une table au bois éraflé, ils commandèrent des œufs au bacon, accompagnés de thé et d'une montagne de toasts. Bessie réussit à en manger davantage que les trois autres réunis.

— Que sait-on ? demanda Henry en les regardant chacun leur tour. Quelqu'un a été tué au pied de cet escalier. Et il y avait trop de sang pour que ces blessures n'aient pas été fatales.

Il se tourna d'un air interrogateur vers Crow.

— En effet, approuva celui-ci. D'après ce que j'ai pu constater, deux personnes pourraient être concernées. À moins que l'une soit morte et l'autre gravement blessée. Mon impression est qu'on les a traînées ailleurs… mais pour les emmener où ?

— Pourquoi les déplacer ? interrogea Henry. C'est une question à laquelle il nous faut répondre. Pour les enterrer de manière décente ? S'en débarrasser ? Les faire disparaître afin de protéger le meurtrier, ou leur identité ?

— Ou simplement dissimuler le fait qu'ils ont été tués, ajouta Crow. Sauf qu'on n'a pas nettoyé le sang. Alors qu'on aurait pu.

— Les rats s'en chargeront en temps voulu ! observa Squeaky.

Crow grimaça de dégoût.

— Nous savons en tout cas que ce sang ne peut pas avoir été là depuis longtemps, leur rappela-t-il. Pas une seule personne à qui nous avons parlé n'a admis avoir vu quelque chose. Est-ce par indifférence, même quand on leur propose de quoi manger ? Par peur de répondre ? Le pouvoir de ce Shadwell est-il donc si grand ? Ou est-ce que le meurtrier n'était en fait jamais sorti des souterrains pour avoir pu s'aventurer dans le monde où nous avons mené notre enquête ?

Henry frissonna, les traits tirés par la fatigue et le poids que représentait la réalité de ce mode de vie qu'il n'avait encore jamais imaginé.

— Je suppose que la police ne peut en rien nous aider ? demanda-t-il sans trop d'espoir.

Squeaky faillit lâcher sa tasse de thé et ne la rattrapa qu'in extremis en laissant échapper un juron. Pour un peu, son bacon et son toast auraient été immangeables !

— Jamais de la vie ! s'exclama-t-il, prenant soin de ne pas prononcer les mots plus crus qui lui vinrent à l'esprit. On ne veut surtout pas que la police s'en mêle. Si c'est Lucien qui est mort, il ne faut pas que son père l'apprenne de cette façon. Car alors, le monde entier le saura !

En voyant l'affolement et la pitié dans le regard de Rathbone, il comprit qu'il était inutile de se lancer dans une plus longue explication.

— Nous devons savoir s'il s'agit de Lucien ou non, dit Henry avec calme. Comment nous y prendre ? demanda-t-il en se tournant vers Squeaky, et ensuite vers Crow.

Ce fut néanmoins Bessie qui, la bouche pleine de toast, répondit.

— Pas la peine de chercher les cadavres… Si c'est Shadwell qui a fait le coup, il les aura laissés là où les rats les boufferont. Les rats, ils sont toujours affamés, et puis, tous les os se ressemblent…

Crow arrêta de mastiquer, incapable d'avaler le morceau de bacon qu'il venait de se mettre dans la bouche.

Henry ferma les yeux, puis, lentement, les rouvrit.

— Où pourrions-nous encore aller, Bessie, avez-vous une idée ?

— On ne trouvera pas Sadie, mais on peut chercher celui à qui elle appartient, répondit la gamine.

Elle mordit à belles dents dans un autre toast et essuya le beurre qui dégoulinait sur son menton.

— Cette fille ne tient pas en place, c'est sûr, mais elle vaut de l'or. Si elle est morte, son souteneur va être fou de rage. Il faut surveiller de près ce qui est à vous, sinon, n'importe qui vous le pique ! Il fera payer le prix fort à celui qui a fait ça, pour être certain que ça n'arrive plus. Et pour qu'on le respecte…

Bessie s'aperçut tout à coup que les trois hommes la dévisageaient. Elle baissa les yeux et s'essuya le menton d'un revers de manche, au cas où du beurre aurait coulé. Elle n'était pas habituée à manger ainsi. En réalité, elle n'avait pas l'habitude d'avoir un plat rien que pour elle servi dans une assiette.

Squeaky, qui savait qu'elle disait vrai, était embêté de ne pas y avoir pensé tout seul. Pourtant, il aurait dû ! Il fallait à tout prix qu'il parte de Portpool Lane ; vivre là-bas lui ramollissait le cerveau.

— Bien sûr, dit-il avec une pointe d'amertume. On le sait. Si Sadie est morte, il sera dans une colère noire qu'on l'ait privé de son bien. Il va de soi que cette fille était spéciale… Et qu'elle rendait les hommes fous. Qui sait combien d'autres elle en a séduits avant Lucien !

— Parfait, approuva Henry d'un ton narquois. Allons dormir un peu, et nous reprendrons notre enquête. Cela dit, êtes-vous toujours partant ? Je vous serais très reconnaissant de bien vouloir m'apporter votre aide.

— Évidemment ! dit aussitôt Bessie.

— Pour un morceau de pain et de la confiture, tu serais prête à aider tout ce qui a deux jambes ! commenta Squeaky avec une moue dédaigneuse.

Elle lui décocha un sourire rayonnant.

— Même ce qui n'en a pas ! le reprit-elle.

Henry et Crow éclatèrent de rire. Henry tapota l'épaule de la petite avec gentillesse.

— Je propose que l'on cherche un endroit où dormir, qu'on se retrouve à la tombée de la nuit pour manger quelque chose et qu'on se remette ensuite en route.

— Je vais te trouver un endroit, dit Crow à Bessie en se levant. Viens !

Sagement, la gamine le suivit, laissant Squeaky dans un étrange sentiment de solitude. Son ami exagérait : c'était lui qui veillait sur elle, pas Crow !

Il ne remarqua pas le sourire de Henry Rathbone.

Ils passèrent une bonne partie de la nuit suivante à interroger discrètement des souteneurs, des aubergistes, des barmen et des prostituées. De nouveau ils tentèrent de soudoyer, de flatter et de menacer. Étant donné que personne n'avait dit avoir vu Sadie, il devint de plus en plus probable que c'était elle, et non Lucien, qui avait été tuée. À moins qu'il n'y ait deux cadavres, ce qui demeurait encore incertain.

Au petit matin, ils s'installèrent tous les quatre au fond d'un pub, dans une ruelle proche de St Martin's Lane. Ils mangèrent une tourte au bœuf et aux rognons à la croûte bien épaisse nageant dans la sauce. Dehors s'abattait une averse de neige fondue. Les grêlons rebondissaient sur la vitre. Dans le cercle de lumière jaune du réverbère, ils les voyaient s'amonceler en dessinant des traînées blanches entre les pavés.

— Cette Sadie valait de l'or, dit Bessie, qui éprouvait un respect croissant pour la jeune femme après ce qu'ils avaient appris sur elle. L'Homme de l'Ombre va tordre le cou au type qui l'a tuée ! ajouta-t-elle dans un frisson. Je suis contente de ne pas être à sa place ! Il aura une mort horrible…

— Je crains que vous ne disiez vrai, reconnut Henry. Toutefois, si Sadie a été tuée, difficile d'éprouver de la pitié pour son meurtrier… S'il se faisait prendre, il serait certainement pendu.

Soudain, Bessie posa sur lui un regard rempli de compassion.

— Dommage... Parce que Lucien était quelqu'un de bien. J'espère que ce n'est pas lui. Mais s'il a du sang sur les mains, il deviendra encore pire, vous savez... C'est toujours comme ça.

— Oui, j'imagine, concéda-t-il à mi-voix.

D'un seul coup, Squeaky sentit monter en lui une rage irrépressible. Maudits soient ce Lucien Wentworth et tous ces jeunes godelureaux oisifs et imbus d'eux-mêmes qui trahissaient l'amour et les privilèges dont ils jouissaient et brisaient le cœur des autres en leur gâchant la vie ! Bien qu'il leur ait été donné beaucoup plus qu'à la plupart des êtres en ce bas monde, ils l'avaient détruit, souillé et sali jusqu'à ce qu'il n'en reste plus rien. Un tel comportement relevait du blasphème. C'était la première fois qu'il en prenait conscience, et il en fut accablé. L'idée même qu'il pût exister quelque chose de sacré ne l'avait encore jamais effleuré.

— Sommes-nous d'accord pour dire que c'est très probablement Shadwell qui la possédait ? demanda Crow en terminant sa tourte.

— Plusieurs récits contredisent cette version, observa Henry. Cependant, certains mensonges sont assez transparents pour qu'on n'en tienne pas compte. Shadwell inspire une peur immense, ce qui laisse supposer qu'il a tout pouvoir au sein de ce monde. Le responsable de la mort de Sadie va vouloir le fuir, et lui le pourchasser.

Sans même demander, il remplit les verres de bière fraîche.

— Mais est-ce Lucien qui l'a tuée ou pas ? interrogea Crow, sans adresser sa question à personne en particulier.

— Nous allons suivre le conseil de Bessie, décida Henry. Et nous mettre à la recherche de quiconque cherche le meurtrier. Car Shadwell devra venger la mort de Sadie, ne serait-ce que pour conserver son statut. Or ses moyens seront infiniment plus efficaces que les nôtres.

Squeaky soupira tout en cherchant un prétexte pour mettre fin à cette traque inutile. Quoi qu'ils finissent par découvrir, rien de bon n'en sortirait. Soit Lucien était mort, et d'une manière qui donnerait des cauchemars à son père le restant de sa vie, si brève qu'elle fût. Soit Lucien avait tué la femme qui l'avait apparemment trahi, encore que « trahir » soit un bien grand mot pour pareille créature – seul un imbécile, ou un homme abruti de stupéfiants, lui aurait accordé sa confiance. Des filles comme Sadie, Squeaky en avait connu son lot. Il n'y avait pas si longtemps, il en avait acheté et vendu. Enfin, peut-être pas aussi belles, mais pour certaines plutôt jolies. Cependant, il n'allait pas donner son avis sur le sujet étant donné qu'il préférait que Rathbone ne sache rien de sa vie passée. Ni Crow, d'ailleurs, et pour les mêmes raisons.

Mais si Lucien était toujours en vie, la situation était encore pire. Ils devraient mentir. Jamais ils ne pourraient avouer la vérité à son père. Mieux vaudrait encore que le pauvre homme le croie mort.

— Vous savez… commença-t-il à dire.

Puis il vit l'expression de Rathbone et comprit qu'il userait en vain sa salive.

Le soir venu, ils descendirent plus loin dans l'univers de la dépendance et du désespoir. Les larges avenues du West End étaient en apparence miroitantes. Ils empruntèrent Regent Street avant de rejoindre Haymark et passèrent devant des théâtres d'un extrême raffinement. Fascinée par les affiches, les illuminations et les tenues élégantes, Bessie resta un peu à la traîne. Squeaky dut plusieurs fois la tirer par la main pour l'obliger à avancer.

La lueur des réverbères effleurait la neige qui tombait en biais.

— Allons, viens ! ordonna Squeaky d'un ton brusque.

La gamine était en train d'observer le ballet des fiacres au milieu de la rue, tournant sur elle-même pour regarder les gens qui marchaient bras dessus bras dessous, les messieurs vêtus de longs manteaux, les dames de capes bordées de fourrure.

Ils s'éloignèrent de Piccadilly et s'engagèrent dans une ruelle. Au bout d'une vingtaine de mètres, les lumières se firent plus rares ; dans la pénombre des portes, les prostituées se livraient à leur commerce, indifférentes aux malheureux recroquevillés tout près d'elles et à moitié assoupis qui se protégeaient de la neige et du blizzard.

Crow les mena jusqu'à un escalier qui descendait dans une cave, puis dans une autre encore plus profonde. Il commença à poser des questions, en toute discrétion, en inventant de superbes mensonges.

— Je cherche ma sœur, expliqua-t-il, décrivant Sadie de son mieux d'après le portrait qu'on lui en avait fait.

Un ivrogne au regard sinistre le dévisagea d'un air absent.

— J'en sais rien, mon vieux… Et je m'en fous, marmonna-t-il. T'aurais pas un truc à boire ?

Crow s'éloigna. Squeaky, sans lâcher la main de Bessie, s'adressa à un homme énorme au visage grêlé de cicatrices de vérole.

— Je cherche un type qui me doit de l'argent, dit-il d'un air sombre avant de décrire Lucien. C'est que je ne vends pas mes filles pour rien !

Mais la réponse qu'il obtint fut tout aussi inutile.

Sans perdre plus de temps, ils ressortirent dans une cour à moitié close, puis descendirent des marches qui débouchaient sur un passage souterrain menant à la Tamise. Là se succédaient des salles où l'on s'adonnait à des plaisirs plus sordides. Même Bessie parut troublée. Squeaky sentit ses doigts s'enfoncer dans sa chair, s'accrochant à lui comme s'il en allait de sa vie.

Henry demeura silencieux, trop horrifié sans doute pour trouver les mots qui convenaient. Ils virent des hommes et des femmes, ainsi que des êtres dans des tenues obscènes qui auraient pu être l'un ou l'autre, se livrer à des sévices et à des humiliations qui tenaient du pur cauchemar.

Prise de frissons, Bessie posa sa tête sur l'épaule de Squeaky.

La description patiente que ce dernier donna de Sadie fut accueillie par un rire tapageur. L'homme qu'il venait d'interroger était en proie à une agitation fébrile, comme s'il était sous l'emprise de la cocaïne. Il n'arrêtait pas de se tortiller et semblait avoir du mal à contenir son impatience.

— Toi aussi ? fit-il en repartant d'un grand éclat de rire.

— Quelqu'un d'autre la cherche ? s'empressa de demander Squeaky.

— Oh, oui ! Longs cheveux noirs, yeux magnifiques… Sadie… Sadie !

— Qui ? insista Squeaky.

Brusquement, l'homme cessa de bouger, puis il se mit à trembler.

— Qui ? répéta Squeaky en parlant plus bas. Dis-le-moi, sans quoi je te tranche la gorge !

Henry faillit protester, mais il décida de ne pas intervenir.

— Shadwell, répondit l'homme dans un murmure.

Tournant aussitôt les talons, il s'éloigna, bousculant au passage deux hommes en train de partager une bouteille, et disparut.

Pendant quelques minutes, Squeaky observa les regards absents des clients qui prenaient de l'opium ou du laudanum et les semi-conversations décousues entre ivrognes. Et d'un seul coup, il renonça. Faisant signe aux autres de le suivre, il serra plus fort la main de Bessie, et ils ressortirent dans la ruelle.

Squeaky contemplait tout cela avec un dégoût de plus en plus grand, pour la bonne raison qu'il avait déjà assisté à ce genre de scènes et avait seulement oublié la misère sans fin qu'elles traduisaient.

La respectabilité, qu'elle vous ramollisse ou non l'esprit, lui sembla soudain d'une douceur incomparable. C'était comme boire de l'eau pure ou respirer de l'air frais.

Dans la ruelle sordide, lorsqu'il entendit des hurlements de rire derrière une porte, qui très vite laissèrent place à des lamentations désespérées, il eut envie de faire demi-tour en prenant ses jambes à son cou, de s'échapper avant d'être rattrapé, ou de se réveiller pour s'apercevoir que tout cela n'était qu'un mauvais rêve. Si Hester Monk l'avait vu, elle n'aurait eu pour lui que du mépris. À cette idée, il se mit à transpirer à grosses gouttes. Jamais aucune peur ne l'avait mis dans cet état.

Il continua à avancer et à poser des questions par des moyens détournés, comme s'il était lui-même en quête de plaisirs.

Le dégoût de Henry Rathbone était évident lorsque les gens se méprenaient sur ses intentions, mais il ne lui fournit pas d'explication. La répulsion et la gêne se devinaient à la légère crispation de sa bouche, bien qu'on la distinguât à peine dans la pénombre. Squeaky ne le savait que parce qu'il se doutait de ce qu'il ressentait.

Ils se contentèrent de décrire Lucien sans mentionner son nom. Malheureusement, il y avait là nombre de jeunes gens fortunés d'excellente famille, y compris dans les lieux les plus dépravés où toutes sortes de plaisirs sexuels étaient à vendre, les plus sophistiqués étant les plus chers.

Près du fleuve, dans un large tunnel dont les murs suintaient, des rires retentirent, amplifiés par l'écho. Henry évoqua Shadwell comme s'il s'agissait plus ou moins d'une blague. Sa question ne suscita qu'un silence apeuré. L'homme à qui ils venaient de s'adresser devint livide – mais peut-être était-ce une femme. Dans la lumière vacillante et sous le maquillage, il était difficile de le dire. Les épaules dénudées d'un blanc nacré étaient sans défaut, et pas du tout musclées, mais les avant-bras étaient couverts de longs gants roses qui remontaient jusqu'au coude. Crow avait déjà croisé de tels personnages, mais Henry Rathbone était visiblement très mal à l'aise, bien qu'il refusât de se laisser détourner de sa quête.

— Si vous vouliez bien me répondre, insista Henry.

L'homme – ou la femme – se figea. Quelque part on jouait de la musique, stridente et discordante.

— Vous aurez mal compris, dit la créature, la voix chevrotante. Quelqu'un se sera moqué de vous. Je dois partir.

Et brusquement, avec une force surprenante, il bouscula Henry, que Squeaky rattrapa juste à temps pour lui éviter de tomber.

Crow agrippa l'homme par le bras.

— Pas de noms. Dis-nous seulement où aller.

Ce fut cependant inutile. La peur qu'inspirait Shadwell était plus puissante que toutes les menaces que Crow ou Squeaky auraient pu proférer.

Dans plusieurs endroits, ils entendirent parler de Lucien, du moins de quelqu'un qui aurait pu être lui. Toutefois, ils pouvaient avoir eu affaire à bien d'autres personnes, même à Niccolo, l'autre amant de Sadie.

— Pourquoi vous voulez savoir ? demanda un petit homme obèse monstrueux, qui se dandinait dans l'entrée d'un bordel.

Il avait le teint rougeaud, le nez énorme étoilé de vaisseaux éclatés. Ses chairs flasques tremblotaient dès qu'il bougeait. Bessie recula et se réfugia très près de Squeaky.

L'obèse, dont le regard était au niveau de la gorge de la gamine, la toisa de pied en cap. Puis son regard s'arrêta sur sa maigre poitrine.

— Combien t'en veux ? Il y en a qui aiment les maigrichonnes. Ils ont l'impression de serrer des enfants.

— Elle n'est pas à vendre, déclara Henry. Touchez-la, et Mr. Robinson vous brisera les doigts ! ajouta-t-il avec un parfait sérieux.

Squeaky voulut protester, puis il songea que, si le type s'en prenait à Bessie, il serait en effet ravi de lui infliger une punition de ce genre, voire plus personnelle, qui serait délicieusement douloureuse et humiliante.

Furieux, l'obèse battit en retraite en crispant les poings. Puis, avec une rapidité surprenante, il passa derrière son banc et plongea la main dans une fente du mur d'où il sortit une longue lame fine au bout d'une canne. La lumière se refléta sur l'acier poli lorsqu'il la brandit en cinglant l'air tel un fouet.

Henry, plaqué contre le mur, ne pouvait pas reculer plus loin. Son visage blême finit de se décomposer quand il réalisa la situation qui était la sienne. Alors que Crow s'éloignait dans l'intention de distraire l'obèse, Squeaky s'empara du portemanteau près de la porte. Il le souleva et l'abattit sur la tête du gros homme qui s'écroula par terre, le crâne en sang.

Henry contempla la mare rouge sombre d'un œil horrifié.

Squeaky lâcha son arme improvisée et l'attrapa par le bras.

— Venez ! ordonna-t-il. Fichons le camp d'ici !

— Mais… il est blessé, protesta Henry. Ne devrait-on pas le…

Squeaky jura tout bas. Ignorant la remarque de Rathbone, il l'entraîna vers la porte en l'arrachant quasiment de terre et ressortit dans la rue.

Serrés les uns contre les autres, ils s'éloignèrent à grands pas dans l'obscurité de la ruelle verglacée, trébuchant sur des détritus et entendant les rats déguerpir. Après avoir parcouru ainsi près de cinq cents mètres, ils s'arrêtèrent sous un porche, à l'abri du vent et à l'écart de la lumière de l'unique réverbère.

— Merci, dit Henry. Je crains de m'être laissé prendre par surprise… C'est stupide de ma part. Je vous prie de m'excuser.

— Ce n'est rien, rétorqua simplement Squeaky.

Néanmoins, il ressentit tout à coup au fond de lui une sorte de douce chaleur. C'était ridicule, mais la gratitude que venait de lui exprimer Rathbone lui faisait bêtement plaisir. L'espace d'un instant, il se sentit comme un chevalier en armure.

Ils poursuivirent leurs recherches. Le jour hivernal se distinguait à peine du froid mordant de la nuit dans les caves et les passages qui menaient d'une salle enfumée et bruyante à une autre, où, dans un demi-silence, des inconnus étaient la proie de visions et de cauchemars en même temps que d'une abyssale solitude.

Après avoir suivi en vain cinq ou six pistes censées les conduire à Niccolo et Sadie, ils arrivèrent dans une petite salle de spectacle à l'abandon. Une vingtaine de personnes plus ou moins assoupies gisaient affalées sur le sol. Certaines s'accrochaient l'une à l'autre pour trouver un peu de chaleur. Dans le fond, un homme était recroquevillé de douleur, les bras croisés comme pour se protéger d'une attaque. Ses épais cheveux bruns étaient tout aplatis.

Crow se fraya un chemin parmi les corps étendus et se pencha sur lui. Squeaky, qui se tenait à trois mètres, nota que, malgré son teint livide, l'homme endormi avait la beauté ténébreuse de Niccolo qu'on leur avait décrite.

— Niccolo ? l'interpella Crow en lui touchant l'épaule.

Le jeune homme remua vaguement.

— Niccolo ? répéta Crow en le secouant plus fort, lui arrachant un gémissement de douleur.

— Ce n'est pas Niccolo, c'est Lucien ! s'exclama Bessie en se précipitant vers lui. Et il est blessé !

Elle enjamba plusieurs corps, récoltant au passage un torrent d'insultes, et se pencha près de Crow.

— Faites quelque chose ! supplia-t-elle. Hé, Lucien ! C'est moi, Bessie… On est venu vous aider.

Avec un effort qui lui arracha un gémissement, Lucien se redressa plus ou moins en gardant son bras gauche contre lui.

— Qui êtes-vous ? demanda-t-il d'une voix pâteuse.

Néanmoins, dans sa manière de parler se devinaient ses origines, le milieu et les privilèges dans lesquels il était né.

— Vous ne vous souvenez pas de moi ? s'étonna Bessie, dépitée.

Lucien bougonna.

— Bien sûr que si, il se souvient de toi ! dit Crow avec une soudaine colère. C'est juste qu'il est endormi… et blessé.

— Il faut que vous l'aidiez, insista la gamine.

Sans répondre, Crow écarta le manteau que Lucien serrait contre lui et examina la blessure.

Sa chemise était imbibée de sang du côté droit au niveau de la poitrine.

Lucien jura en grimaçant.

— Laissez-moi tranquille ! lança-t-il soudain avec rage. Allez-vous-en !

Henry s'avança entre deux silhouettes assoupies. Il se pencha sur Lucien et le saisit par le bras.

— Levez-vous, ordonna-t-il. Avant de vous porter secours, nous devons aller dans un endroit propre où nous verrons ce qu'il faut faire.

— Je ne veux pas de votre aide ! rétorqua Lucien. Et d'ailleurs, qui êtes-vous ? Votre visage m'est familier…

— Nous nous connaissons. Mon nom est Henry Rathbone. Levez-vous.

L'autorité de son ton persuada Lucien d'obéir, non sans quelque réticence.

Squeaky s'approcha à son tour. Il voyait que les autres commençaient à bouger. Tout au fond, sous la dernière arche, une silhouette solitaire venait de se relever, le bras replié comme si elle tenait quelque chose, peut-être une arme.

— Partons en vitesse, dit-il d'une voix laconique à Henry et à Crow. Soutenez-le. Et s'il résiste, pincez-lui l'oreille.

Puis il attrapa Bessie par la main en la soulevant quasiment du sol.

Ils n'allèrent pas très loin. Lucien était très faible, et ils n'avaient aucune idée de la gravité de sa blessure, pas plus qu'ils ne savaient depuis combien de temps il souffrait. Le froid était pénétrant et la neige avait laissé place à une pluie diluvienne. Dans les passages et les venelles, les toits se touchaient presque. Partout s'étendait un voile de fumée, accentué par le brouillard qui montait de la Tamise, de sorte que, même en plein jour, on y voyait à peine.

— Il faut aller quelque part où l'on pourra l'examiner, dit Crow d'un air grave. Et trouver de quoi manger.

Pendant plus d'une heure ils cherchèrent, demandant ici et là que l'on veuille bien mettre à leur disposition une pièce ou un espace privé. Et pendant tout ce temps Crow et Bessie soutinrent Lucien, qui s'affaiblissait à vue d'œil et trébuchait tous les trois mètres.

Finalement, ils dénichèrent une arrière-salle au fond d'un pub. Après moult négociations, agrémentées de menaces de Squeaky et de propositions d'argent de Henry, on les conduisit dans une petite pièce crasseuse qu'éclairaient des chandelles et un poêle à bois. Squeaky alla remplir un seau d'eau au puits le plus proche et acheter des provisions. Bessie balaya le sol avec le balai qu'elle vola fort habilement à un voisin. Puis elle le lui rapporta avec un charmant sourire en prétendant l'avoir trouvé dehors.

Crow et Henry firent de leur mieux pour secourir Lucien. Le médecin sortit de sa sacoche une longue bande stérile et un petit flacon d'alcool.

— Ça va vous faire mal, dit-il à Lucien. Mais si la plaie se gangrène, ce sera encore pire. Vous pourriez en mourir.

Lucien le fusilla du regard.

— Qu'est-ce que cela peut vous faire ? Et d'ailleurs, qui êtes-vous ?

— Je suis médecin, répondit Crow en versant un peu d'alcool dans un gobelet.

— Il n'est pas question que je boive ça ! dit Lucien.

— Je ne vous le propose pas. C'est pour désinfecter la blessure. Je vous préviens, ça va brûler.

Et sans hésiter, il écarta le bras de Lucien et appliqua le bandage imprégné d'alcool sur la plaie.

Le jeune homme poussa un hurlement avant de s'étrangler en essayant de reprendre son souffle.

Pâle comme la cendre, Bessie dévisagea Crow sans piper mot.

Pris d'une nausée, Henry osait à peine imaginer la douleur. Tandis qu'il contemplait l'épave qu'était le jeune homme, allongé par terre sur un tas de vieux chiffons, la vilaine blessure provoquée par le coup de couteau exposée à la vue, il repensa au Lucien qu'il avait connu une dizaine d'années auparavant. Ce qui était arrivé entre-temps avait-il une quelconque importance, la façon dont il était passé de l'espoir à ce désespoir en seulement un an ? Revenir en arrière, n'était-ce pas à présent la seule chose qui comptât ? Le pouvait-on sans savoir et comprendre jusqu'où on était allé ?

Il se tourna vers Crow. La mine grave et tendue, ce dernier se concentrait sur les instruments de son art : scalpel, forceps, aiguille et fil. Ce jeune homme extraordinaire n'était guère plus vieux que Lucien, peut-être même avait-il son âge. Henry se rendit compte qu'il venait de passer quatre ou cinq jours en compagnie de Crow et qu'il ne savait presque rien de lui. Pas même son nom de famille ni où il vivait.

Il l'observa tandis qu'il se penchait pour nettoyer et recoudre le flanc de Lucien. Il avait de belles mains, fines et puissantes. Et son visage n'était pas banal ; trop émacié pour être qualifié de beau, et avec trop de dents que dévoilait un immense sourire. En outre, il était talentueux. Henry se demanda pourquoi il n'avait pas passé son diplôme de médecine, mais lui poser la question eût été d'une indélicatesse aussi grossière qu'inexcusable. En silence, il lui passa les instruments à mesure qu'il les lui réclamait.

Au bout d'un certain temps, lorsque Crow parut satisfait de son œuvre, Lucien se laissa retomber sur les chiffons, exténué.

— Merci, dit-il dans un soupir.

— Qu'est-il arrivé ? demanda Crow.

— Quelqu'un m'a donné un coup de couteau, répondit Lucien en serrant des dents. Ça ne se voit donc pas ?

— Vous avez été mêlé à une bagarre. Qu'est-il arrivé à la personne qui vous a agressé ?

— Pourquoi ? fit Lucien en esquissant un vague sourire. Vous comptez aller le bander lui aussi ?

Crow ignora la question.

— Souffrez-vous d'autres blessures ? Puis-je faire autre chose ?

— Non, répondit le jeune homme après une seconde d'hésitation. Merci.

Crow rangea ses instruments et referma sa sacoche.

— Je pense plutôt que la personne avec laquelle vous vous êtes battu pourrait être morte. Est-ce un homme ? Une femme ? À moins qu'ils aient été deux… ce qui expliquerait qu'ils aient réussi à vous mettre en si piteux état !

Lucien le regarda fixement, se tourna un peu pour lui faire face en écarquillant les yeux d'étonnement.

Crow, qui espérait bien obtenir une réponse, attendit.

Lentement, Lucien se laissa retomber sur les chiffons. Il tressaillit en sentant ses muscles tirailler sous le bandage.

— Je n'ai tué personne, murmura-t-il d'une voix lasse. C'était une bagarre pour de la cocaïne. Un abruti qui croyait que je lui avais volé la sienne m'a attaqué.

— Et c'était vrai ? demanda Crow en haussant les sourcils.

— Je n'en prends même pas ! J'aime l'opium… de temps en temps, répondit-il, le regard au loin. Je m'enivre de la vie, de rires et de passion, de rêves d'impossible, de Sadie et de quelque chose qui ressemble à l'amour… du moins, qui donne l'impression de ne pas être aussi seul ! Mais comment sauriez-vous de quoi je parle ?

C'était là une fin de non-recevoir, pas une question.

— Aucune idée, rétorqua Crow avec une ironie à peine perceptible. Les riches sont les seuls à savoir ce qu'est la solitude, la perte ou le sentiment d'avoir échoué. Nous autres, nous sommes trop occupés par la faim, le froid et la maladie… et à trouver un gîte la nuit pour dormir, ou au moins nous reposer.

Lucien le fixa droit dans les yeux. Crow soutint son regard. Peu à peu, l'expression du blessé se modifia.

— Je suis désolé, s'excusa-t-il. Ce que je viens de dire était absurde. J'ai horreur de l'apitoiement. Surtout sur moi-même.

Crow lui décocha un de ses sourires éblouissants.

— Moi aussi, dit-il.

Lucien ferma les yeux, l'ombre d'un sourire sur les lèvres – même s'il finit en grimace de douleur.

Squeaky rapporta de l'eau et de la nourriture. Bessie découpa plusieurs parts, puis donna à manger à Lucien avant de manger à son tour.

Lorsqu'ils eurent terminé, Henry se tourna vers le jeune homme.

— Je suis venu à la demande de votre père, déclara-t-il simplement. Il veut que je vous persuade de rentrer chez vous. Toutefois, avant d'envisager une telle chose, nous devons éclaircir les circonstances du meurtre de Sadie ou de Niccolo.

Dehors, le vent s'était levé et soufflait en rafales contre les vitres.

Lucien émit un bref ricanement.

— Les éclaircir ? Vous voulez dire les expliquer ? Faire en sorte d'en comprendre la logique ? interrogea-t-il, la bouche tordue de mépris. Vous n'êtes qu'un nigaud… Allez dire à mon père que vous ne m'avez pas trouvé. Ce qui est vrai. Vous n'avez aucune idée de l'homme que je suis désormais, de ce qu'il est advenu du Lucien Wentworth que vous pensiez connaître.

— J'ai bien l'intention de le découvrir.

— Vous ne comprendriez pas, dit Lucien en se détournant.

— Ne soyez pas aussi arrogant. Croyez-vous être le premier jeune homme à céder à la tentation et à gâcher la vie qu'on lui a donnée ? Dire aux autres qu'ils ne vous comprendraient pas revient à vous attribuer un caractère exceptionnel que vous ne possédez nullement. Vous êtes d'une banalité aussi désespérante que sordide… La seule chose qui vous distingue est d'avoir reçu davantage à gaspiller que la plupart d'entre nous !

Cette fois, Lucien réagit avec colère.

— Qu'est-ce que vous en savez ? Vous êtes tellement à l'aise, suffisant, content de vous…

— Vous recommencez à vous apitoyer sur vous-même ?

— Non, je me dégoûte… Allez dire à mon père que vous ne m'avez pas retrouvé. Ce ne sera pas un mensonge. Celui que vous avez retrouvé ne saurait être le fils qu'il voudrait voir revenir. Celui-là est mort voilà maintenant un an.

— Qui l'a tué ? Vous ? Ou bien Sadie ?

Lucien eut un rire bref.

— Excellent ! C'est moi et moi seul. Sadie s'est contentée de m'y aider.

— Où l'avez-vous rencontrée ?

— Au théâtre, avec des amis. Elle est venue à la fête qui s'est tenue après le spectacle.

Il sourit, perdu un instant dans une lointaine époque.

— Dieu, qu'elle était belle ! Les autres femmes présentes ce soir-là donnaient l'impression de n'être qu'à moitié vivantes, des créatures de plomb dépourvues de couleur, comme si elles vivaient dans l'ombre.

— Comme Shadwell, observa Henry avec une pointe de sarcasme.

Son ton n'échappa pas à Lucien. Ses yeux s'agrandirent.

— Ne prononcez même pas son nom ! dit-il tout bas. Il n'y avait rien de tel à ce moment-là chez Sadie. Elle était simplement… pleine de vie ! C'était comme si en toute chose elle voyait de la magie. Et elle m'aimait bien. Vous pensez que c'est une illusion, de la pure vanité de ma part ? Eh bien, vous vous trompez. Il y avait là quantité d'autres hommes qui possédaient des titres… et plus de fortune que je n'en aurai jamais !

Henry attendit.

— Sadie m'aimait bien, répéta Lucien avec moins d'assurance.

— Naturellement. Et que l'on vous aime bien est toujours agréable.

L'espace d'un instant, le visage de Lucien exprima une solitude écrasante, qui très vite laissa place à la colère.

— Elle ne m'a rien demandé, dit-il sèchement. Jamais elle ne m'a réclamé d'argent. Elle était plus facétieuse que toutes les femmes que j'ai connues. Elle savait s'habiller, savait danser, était plus drôle, plus avisée et plus originale que n'importe qui. À côté d'elle, les autres avaient l'air de vaches ! À moitié somnolentes la plupart du temps… Incapables de dire autre chose que les platitudes qu'elles croient qu'on attend d'elles. Voir la majorité d'entre elles se mettre à ruminer ne m'aurait pas étonné !

— Et Sadie vous trouvait tout aussi intéressant, releva Henry, légèrement amusé. Ce qui a dû être pour vous une grande satisfaction.

— En effet, rétorqua Lucien d'un ton abrupt.

Et d'un seul coup, la sueur perla sur son front et il sembla s'affaisser.

Crow jeta un regard de mise en garde à Henry.

— Où est Sadie ? enchaîna celui-ci. Est-ce elle qui a été tuée ? Ou bien est-ce Niccolo ?

— Je ne sais pas. Niccolo, je crois.

— Si vous ne le savez pas, c'est que vous ne les avez vus ni l'un ni l'autre.

— C'est ça, admit Lucien d'une voix rauque. Je n'en sais rien !

Henry promena son regard sur la pièce misérable, les murs moisis et les fenêtres crasseuses que faisait vibrer le vent.

— Votre père vous accueillerait volontiers, assura-t-il en se tournant vers Lucien.

— Il m'est impossible de rentrer, murmura le jeune homme, les joues en feu, en évitant son regard.

— Pourquoi ?

— À cause de Shadwell… L'Homme de l'Ombre. Je… je lui rends certains services. J'ai une dette envers lui.

Le silence retomba pendant quelques minutes. Squeaky remit du bois dans le poêle. Ils auraient de la chance si le feu tenait toute la nuit… Dehors, la pluie se déversait dans les gouttières et dégoulinait du haut des toits. Bessie alla s'asseoir près de Squeaky en se serrant contre lui pour se réchauffer.

— Avez-vous tué Sadie ? demanda Henry.

— Non !

— Ou Niccolo ?

— Non ! Je ne vois pas pour quelle raison vous me croiriez, mais je n'ai tué personne. Enfin, pas directement, car Dieu sait ce que j'ai pu provoquer malgré moi… Pauvre Sadie ! C'était épouvantable…

Son visage se crispa de douleur, comme si ce souvenir était plus réel que Henry lui-même, ou Crow assis à deux mètres de là.

— Mais vous l'avez vue ? insista Henry.

— Je n'ai vu qu'une flaque de sang…

— Quel genre de services rendez-vous à Shadwell ?

— Je lui amène des clients… Des jeunes gens qui ont de l'argent.

Lucien se mit à claquer des dents et à trembler sans parvenir à se maîtriser.

Henry ôta son manteau et l'étendit sur le corps amaigri du jeune homme, puis retourna s'asseoir par terre. Être en manches de chemise par cette température le faisait paraître étrangement vulnérable.

Bessie lui jeta un regard inquiet, mais Squeaky la retint de la main pour l'empêcher de l'interrompre.

Si Henry avait froid, il ne le laissait en rien deviner.

— Vous lui amenez des clients pour qu'ils s'adonnent à leurs vices, qu'ils en deviennent dépendants et reviennent encore et encore ? Et s'ils finissent par perdre l'esprit, qui en prend soin ?

— Je ne sais pas. Shadwell, sans doute…

— Était-ce le cas de Sadie ? N'arrivait-il plus à faire d'elle ce qu'il voulait ? insista Henry.

Lucien le dévisagea une seconde. Puis il ferma les yeux et se tourna vers le mur.

— Sadie n'en a toujours fait qu'à sa tête. Elle ne pouvait pas faire autrement.

— Pourquoi ?

— Ne soyez pas stupide ! s'esclaffa Lucien avec un rire douloureux auquel mit fin une quinte de toux.

Dès qu'il eut reprit sa respiration, il ajouta :

— Il lui donnait les jolies choses qu'elle aimait, et la cocaïne dont elle avait besoin.

— Mais alors, pourquoi la supprimer ?

— Je ne sais pas. Ce n'est peut-être pas lui…

— Niccolo ?

— Je n'en sais rien. Il pourrait être mort lui aussi. Peut-être que c'est cette sale petite vermine au manteau lavande…

— Ash ? Pourquoi aurait-il voulu les tuer ?

— Je l'ignore.

Henry attendit patiemment.

Lucien soupira. Il fixa un point au loin en évitant de croiser son regard.

— J'ai rencontré des gens, je me suis fait des ennemis… Si Niccolo est mort, celui qui l'a tué a dû le confondre avec moi. On se ressemble vaguement. Dans la pénombre de ce passage… et si en plus Sadie était avec lui…

Son visage se remplit de regret et d'une douleur qui semblait sincère et dépourvue de tout apitoiement sur lui-même, comme s'il comprenait tout d'un coup ce qu'il avait perdu.

— Elle et moi, nous avons toujours cherché à nous détruire.

Crow jeta un regard inquiet à Henry.

Ce dernier hocha la tête et se leva, laissant Lucien se reposer, ne fût-ce qu'un moment.

Allongée au pied du poêle, Bessie veillait sur Lucien. Squeaky, Crow et Henry Rathbone étaient assis dans un coin de la pièce, emmitouflés dans leurs manteaux. Ils économisaient le peu de bois qui restait pour le petit matin.

— Qu'est-ce qu'on cherche, maintenant ? demanda Henry, une note de désespoir dans la voix.

— On l'emmène loin d'ici, répondit Squeaky, agacé. Avant qu'il nous fasse tous tuer ! Laissez donc son père s'en occuper.

Crow lui lança un regard noir.

— Et, bien sûr, ce Shadwell laissera faire ! D'ici peu, la police viendra frapper chez Wentworth et accusera Lucien du meurtre de celui ou celle qu'on a tué à coups de couteau en bas de ces marches !

— Par conséquent, dit Henry en se redressant, nous devons découvrir qui a été tué et qui est le meurtrier.

— Et si c'est Lucien ? demanda Crow.

Henry se mordilla la lèvre.

— Alors nous tâcherons de comprendre comment une telle chose est arrivée… et pourquoi. Et nous déciderons ensuite quoi faire.

Sous la lumière de la chandelle qui accusait ses traits, Henry Rathbone était adossé au mur, l'air à bout de forces. Pourtant, Squeaky ne décelait aucune trace de colère ou d'amertume dans son regard. Cet homme était fou. Si Crow et lui n'avaient pas été là pour le protéger, il aurait eu des ennuis sur-le-champ. On l'aurait volé, et sans doute tué s'il avait offert une quelconque résistance. Il semblait croire tout ce qu'on lui racontait, même quand il s'agissait à l'évidence d'un mensonge.

Néanmoins, il y avait chez lui un courage que Squeaky, à son corps défendant, ne pouvait qu'admirer. Et malgré la situation ridicule dans laquelle cet homme les avait entraînés, il l'aimait bien. C'était d'ailleurs une des choses qui n'allaient pas depuis quelque temps, depuis qu'il était devenu quelqu'un de respectable. Il s'était ramolli. Il se surprenait à ressentir de l'affection pour plusieurs personnes qui ne lui étaient d'aucune utilité, ni à lui ni à quiconque. Or l'affection était un luxe dont il s'était toujours passé. L'âge l'aurait-il rattrapé ? Ou la lâcheté ? Prudent, il l'avait été tout au long de son existence ; se comporter autrement eût été stupide ! Mais il n'avait jamais été un lâche. Et à présent, toutes ses valeurs s'effilochaient irrémédiablement… Il n'avait plus de contrôle sur rien !

— C'est logique, finit-il par dire sans enthousiasme. Si c'est Sadie qui est morte, je ne vois pas pourquoi il l'aurait tuée. Elle avait l'air de le fasciner. C'est à cause d'elle qu'il s'est enfoncé dans ce cloaque. Ce jeune homme aime le plaisir. On le voit dans son regard dès qu'il parle d'elle. Quand on devient dépendant de quelque chose, que ce soit la boisson, l'opium ou n'importe quoi, on ne le détruit pas. Ces substances vous font agir comme un imbécile, mais elles sont pour vous ce qu'il y a de plus important au monde. Vous êtes prêt à tout pour les conserver. Vous crèveriez les yeux de votre mère plutôt que de risquer de devoir vous en passer !

— Et si Sadie avait eu une préférence pour Niccolo et que Lucien l'avait tuée par jalousie ? suggéra Henry.

— Il aurait tué Niccolo, répondit Squeaky. Pour la récupérer. Comme un bien. On ne détruit pas une chose qui vous appartient. Ce serait idiot ! On la maltraite un peu, mais en faisant attention que ça ne se voie pas trop, concéda-t-il, repensant à certaines mesures de rétorsion qu'il avait dû prendre du temps où il tenait un bordel. Il ne faut pas abîmer la marchandise. Par conséquent, si c'est Niccolo qui est mort, nous ne sommes pas sortis d'affaire !

Henry eut une expression amusée mêlée d'un peu d'amertume en comprenant ce qu'impliquaient les propos de Squeaky.

Ce dernier se sentit rougir. Il n'avait pas voulu se révéler aussi ouvertement. Il aurait préféré que Rathbone se contente de deviner ce qu'il avait pu faire et non qu'il en acquière la certitude. Alors qu'il se demandait s'il devait revenir sur ses propos, il comprit que cela ne servirait qu'à empirer les choses.

— Vous pensez que Lucien dit la vérité ? insista Henry. Et qu'il ne sait vraiment pas qui est mort ?

— Je n'irais peut-être pas jusque-là, nuança Squeaky. Non… Il doit bien mentir sur quelque chose.

Henry esquissa un sourire.

Squeaky se rendit compte que, une fois de plus, il s'était trahi. Rathbone saurait désormais qu'il passait son temps à mentir, au moins un peu. Diable, être respectable était laborieux… Un sacré boulot !

— Et vous ? interrogea Henry en se tournant vers Crow.

— Je n'ai pas besoin de mentir, répondit celui-ci avec un sourire en jetant un coup d'œil oblique à Squeaky. Et à mon avis, Lucien non plus, enchaîna-t-il avec plus de gravité. Il est perdu, quoi qu'il en dise. Qu'il ait tué ou non l'un ou l'autre, on l'accusera du meurtre. Personnellement, je soupçonne ce petit vampire répugnant en redingote lavande… On le dirait revenu d'entre les morts. Je suis sûr qu'il a un faible pour les couteaux.

— Je crois Lucien moi aussi, déclara Henry.

— Hé, attendez ! protesta Squeaky. Je n'ai jamais dit que je ne le croyais pas, j'ai seulement… Et si Sadie avait dit à Niccolo d'aller se faire voir et qu'il l'avait tuée ? Là-dessus, Lucien arrive, la découvre gisant dans son sang et s'en prend à Niccolo… Ash n'a rien à voir dans cette histoire.

Henry réfléchit quelques secondes avant de reprendre la parole.

— Pourquoi dans ce cas Lucien ne le reconnaît-il pas ? Un tel acte serait justifié, les gens d'ici comprendraient. Et il semble qu'ils soient les seuls qui comptent à ses yeux. C'est son monde… du moins, tant qu'on n'aura pas réussi à l'en sortir !

— L'en sortir ? répéta Squeaky, incrédule. Regardez-le ! Il boit comme un trou et prend je ne sais quelle substance pour rester éveillé, dormir, rire, voir ce qu'il a envie de voir et se sentir plus ou moins en vie ! Dans ce monde, il est chez lui. L'enfer ne relâche personne, Mr. Rathbone. Non que la plupart de ceux qui s'y trouvent souhaiteraient s'en extraire, même s'ils le pouvaient... Ils en sont incapables.

— Il faut d'abord que l'on sache s'il a tué l'une ou l'autre des deux victimes, et si ce n'est pas lui, alors qui...

— Vous nous avez demandé si on le croyait quand il a prétendu n'avoir tué personne, l'interrompit Crow. Et vous dites que oui.

— En effet. Et bien que ce ne soit pas une certitude, j'ai l'intention de faire comme si, à moins que les circonstances m'en empêchent. Par conséquent, il nous faut partir de l'hypothèse que quelqu'un d'autre est le meurtrier – de l'un, de l'autre ou des deux. Que pensez-vous de Mr. Ash ? demanda-t-il à Crow.

— Cet homme a la syphilis, se contenta de répondre celui-ci.

— Vous le devinez avec autant de facilité ?

Crow se fendit d'un sourire ironique.

— Il avait beau ne bouger que très peu, sa main glissait sur sa canne, comme s'il ne sentait pas s'il la tenait ou non, ou plutôt, comme s'il n'avait pas de sensations dans les doigts. Et ses pieds étaient pareils. Cette démarche bancale et pataude est un symptôme de la dégradation à un stade avancé des terminaisons nerveuses. Il est probablement déjà atteint d'une légère démence.

Une expression de pitié passa dans le regard de Henry.

— Il aurait donc pu se montrer violent, conclut-il.

— Pourquoi les aurait-il tués ? demanda Squeaky avec logique. Même une créature comme lui doit avoir un mobile !

— Vous avez raison. Pourtant, une chose m'intrigue au sujet de cette canne… Ash est plutôt petit, vous dites qu'il présente les symptômes de la syphilis, et sa canne lui échappait de la main, nous l'avons vu. Pensez-vous qu'il aurait eu la force d'attaquer un jeune homme ou une jeune femme en pleine santé et de s'en sortir indemne ?

— C'est peu vraisemblable, concéda Crow.

— Lucien, dit tristement Squeaky. Il a tué Niccolo, son rival, probablement par surprise… en lui plantant un couteau dans le dos. Et quand Sadie les a trouvés, il l'a agressée à son tour. C'est comme ça qu'il a été blessé.

Voyant Henry Rathbone baisser les yeux, il se sentit coupable de dire tout haut la vérité alors qu'il savait pertinemment qu'elle lui ferait de la peine.

— Vous ne pouvez plus rien pour lui, conclut Squeaky.

Crow, emmitouflé dans son manteau, était assis par terre, les jambes en tailleur.

— Nous devrions rassembler le plus de preuves possible, dit-il en regardant les deux hommes. Même ici, les choses ont une raison… Il reste trop de questions sans réponses. Que savons-nous de ce Niccolo ? Qui était-il ? D'où venait-il ? Lucien et lui se connaissaient-ils déjà avant ? Est-ce Lucien qui l'a amené ici ? Ou bien le contraire ?

Il se tut une seconde en continuant à les fixer chacun leur tour.

— Était-ce pour les femmes ? enchaîna-t-il. L'opium ? Une forme de sévices ou de jeux sexuels ? Niccolo était-il sadique ? Masochiste ? Aimait-il Sadie ? Ou ne faisait-il que se servir d'elle ?

Henry lui sourit.

— Merci, Dr Crow, dit-il d'un air sombre. Vous faites entendre la voix de l'espoir là où il semble si peu y en avoir. Vos suggestions sont excellentes. Dès que nous aurons dormi un peu – si dormir est possible dans pareil endroit ! –, nous irons chercher de quoi manger et nous reprendrons notre enquête.

Le visage grave, il regarda Crow puis Squeaky.

— Si vous êtes toujours prêts à m'aider, cela va de soi.

— Je suis curieux, dit Crow en haussant les épaules. Comptez sur mon aide.

Squeaky se sentit piégé. Il aurait dû en être ulcéré, pourtant, contre toute raison ou bon sens, il était vaguement flatté d'être inclus. Que Rathbone ne fasse pas appel à lui l'aurait vexé, c'était certain. Néanmoins, il fallait qu'il manifeste un minimum de résistance, ne serait-ce que pour sauver ce qui lui restait de réputation.

— Ça ne servira à rien. L'enfer ne relâche pas aussi facilement l'un des siens, répéta-t-il en montrant Lucien, endormi ou inconscient, couché sur son flanc blessé. D'ailleurs, que feriez-vous de lui ? S'il a tué Sadie et Niccolo, vous croyez que son père acceptera de le reprendre et de couvrir son crime ? Ces deux-là avaient beau être des ordures, ils n'en étaient pas moins des êtres humains ! Et la prochaine fois, qui tuera-t-il ? Y avez-vous réfléchi ?

— Oui, Mr. Robinson, répondit Henry, d'une voix à peine plus forte qu'un murmure. Personne ne ressort d'un tel endroit sans en payer le prix, et je n'imagine pas que Lucien puisse y échapper. Je veux l'aider, pas l'excuser. S'extraire de « l'enfer », comme vous dites, n'est en rien un acte physique, c'est une volonté de l'esprit. Ce sera long et extrêmement pénible… Une ascension difficile… un peu comme une route à péage, si vous préférez, dont chaque étape se paye au prix fort. Mais vous le savez sans doute.

Squeaky demeura stupéfait. Il observa le visage blême de Rathbone et ses yeux très bleus sans y percevoir le moindre signe de dérobade ou de pardon facile. Que savait exactement cet homme sur son passé ? Il ne s'était encore jamais posé la question, et elle le mettait extrêmement mal à l'aise. Henry faisait-il allusion au fait qu'il était sorti depuis peu d'un monde pas très différent de celui-ci pour mener une vie décente ? Enfin, presque. Hester Monk l'avait traité comme s'il était un homme honnête. Certes, elle devait le surveiller de très près, mais il ne l'avait jamais vue manigancer quoi que ce soit dans son dos. Ce qui l'affligeait également. Il aimait beaucoup qu'on lui fasse confiance.

Et pour cela, il était prêt à endurer pas mal de désagréments.

Henry Rathbone attendait toujours sa réponse.

Squeaky se dit alors que, en aidant Lucien Wentworth, il apporterait la preuve qu'il était possible de remonter la pente, il le prouverait à Rathbone et, mieux encore, à lui-même.

— Évidemment que je vais vous aider ! s'exclama-t-il d'un ton acerbe. Vous avez besoin de moi. Je connais un grand nombre de choses que vous ignorez.

Henry lui sourit, avec une bienveillance extraordinaire.

— Et je vous en suis reconnaissant, Mr. Robinson. Pour l'instant, prenons un peu de repos avant de nous remettre en route.

Après avoir dormi quelques heures, ils sortirent chercher quelque chose de chaud à manger qu'ils rapporteraient à Lucien et à Bessie. S'éloignant de l'entrelacs de ruelles, ils rejoignirent Piccadilly puis Regent Street. Le temps était sec, le froid mordant. Ici et là scintillait une fine couche de givre ou de neige, comme pour répondre aux rubans multicolores et aux couronnes de houx et de lierre qui décoraient les devantures des commerces.

— Joyeux Noël ! lança joyeusement une femme corpulente en train de donner des bonbons à un enfant.

— À vous aussi ! répliqua un gentleman. Et tous mes vœux de bonne année !

Quelqu'un entonna « God Rest You Merry, Gentlemen » et d'autres voix se joignirent à la sienne.

La circulation était intense ; les sabots des chevaux claquaient sur les pavés et les clochettes des harnais tintaient dans l'air glacé.

Squeaky leva les yeux au ciel sans piper mot.

— Joyeux Noël ! répondit Henry à un passant.

Au bout d'une centaine de mètres, ils trouvèrent une auberge où l'on servait des plats chauds. Un grand feu flambait dans la cheminée. Henry paya pour tout le monde et commanda nourriture et boisson à rapporter à Lucien et à Bessie. Ils mangèrent en silence, savourant trop un tel luxe pour en troubler le plaisir par la conversation.

Puis ils repartirent vers les ruelles, où l'on y voyait à peine, comme s'il régnait un éternel crépuscule. Ici, la réalité de Noël ne se manifestait par aucun signe, pas plus que la croyance dans les valeurs que représentait cette période de l'année.

Les tourtes et les bières furent accueillies avec gratitude, laquelle se traduisit par quelques mots brefs et un appétit vorace. Ils décidèrent que Bessie resterait auprès de Lucien afin de veiller sur lui. Henry, Crow et Squeaky tenteraient d'élucider qui avait été tué, si Lucien était ou non impliqué, et s'il l'était, de quelle manière.

Crow retournerait voir Ash et essaierait de le convaincre de lui en révéler davantage.

— Il en sait certainement plus long, dit Henry. Il est mêlé à cette histoire d'une façon ou d'une autre, car il paraît trop fébrile pour n'être qu'un simple observateur.

Crow en convint avec lui.

— Et vous, que comptez-vous faire ? demanda-t-il.

Henry se mordilla la lèvre.

— Je vais tâcher de me renseigner sur ce Niccolo... Pour savoir qui il est, et surtout, si quelqu'un l'a aperçu ces deux derniers jours.

Puis il se tourna vers Squeaky :

— Vous êtes le plus qualifié parmi nous pour en apprendre davantage sur Sadie, notamment pour découvrir si elle est encore en vie et, dans le cas contraire, qui, en dehors de Lucien, aurait pu souhaiter sa mort.

Squeaky le prit comme un compliment douteux, mais ce n'était pas le moment de discuter de ce qu'il en était vraiment. Rathbone lui-même serait incapable de mener à bien cette tâche.

Ils décidèrent de se retrouver au plus tard à l'aube le lendemain.

Les autres attendaient déjà lorsque Squeaky revint avec une cruche de chocolat chaud, achetée grâce à l'argent dont il avait « soulagé » un propriétaire jugé peu méritant. Il le partagea en prenant soin d'être équitable, puis alla s'asseoir par terre pour savourer sa boisson.

Crow se réchauffa les mains sur sa tasse.

Henry avait rapporté des tourtes. Squeaky se retint de demander à quoi elles étaient farcies, préférant l'imaginer. Il ne chercha pas non plus à savoir combien elles avaient coûté, choisissant de l'ignorer.

Bientôt, les chandelles seraient consumées. L'une d'elles s'était déjà éteinte. Lucien et Bessie étaient apparemment endormis. Non sans inquiétude, Crow avait jeté un œil sur eux dès son arrivée.

— Ash est-il très malade ? l'interrogea Henry. Aurait-il été capable de les tuer ?

Dans la pénombre, Squeaky ne voyait pas l'expression de son visage, mais il perçut la tension dans sa voix. Rathbone avait dû voir des choses auxquelles la vie tranquille qu'il menait à Primrose Hill ne l'avait en rien préparé. Sans parler de la puanteur qui s'infiltrait partout… Rares étaient les gens de la bourgeoisie qui avaient à supporter l'odeur nauséabonde des égouts, des eaux usées, des rats décomposés et du vieux bois vermoulu.

Tout cela rappelait à Squeaky ce qu'il s'était appliqué à oublier.

Avant de connaître la sécurité de Portpool Lane, il avait vécu dans des endroits qui, comme celui-ci, empestaient la vinasse et le vomi, le sang et la sueur, les corps jamais lavés. Mais ce dont il se souvenait par-dessus tout, c'était de la peur. La peur qu'un brusque accès de colère ne se traduise par un coup sur la tête ou un couteau planté dans le ventre pour se venger. Lui-même ne se regardait jamais pour ne pas voir les cicatrices qui balafraient son corps. Plusieurs lui avaient été infligées par des femmes, ce qu'il aimait mieux aussi oublier. Peut-être en avait-il mérité certaines…

Mais à présent, la haine était derrière lui. Quelques personnes lui accordaient même leur confiance, ce qu'il voyait comme une flamme précieuse dans l'obscurité. Et si pour la préserver il aurait été prêt à tuer, il savait que, dès l'instant où il le ferait, elle s'éteindrait, sans doute à tout jamais. Quelle plaie de se soucier de l'opinion des autres ! Un tel comportement était contraire à toutes les lois de la survie ! Et pourtant, cette vie continuait à le captiver, à l'attirer.

Crow s'apprêtait à répondre à la question de Henry au sujet d'Ash. Il était assis le dos au mur, ses jambes immenses allongées devant lui. La semelle de sa botte gauche était percée. Sur ses traits, plus creusés que jamais, Squeaky ne voyait pas seulement un signe de lassitude – on lui aurait plus volontiers donné quarante-cinq ans que trente-cinq –, mais une sorte de souffrance qui assombrissait sa vivacité d'esprit et l'espoir qui l'animait. Si cela venait à disparaître, Squeaky se retrouverait dans des ténèbres dont il ne sortirait jamais.

Henry attendait.

— Ash n'a plus très longtemps à vivre, répondit finalement Crow avec le plus grand calme. Il a le corps pourri. S'il reste le plus souvent immobile, c'est parce qu'il ne sent plus ni ses mains ni ses pieds. Dès qu'il se déplace, il risque de perdre l'équilibre. Il fait comme s'il avait une canne par coquetterie, mais, s'il ne l'avait pas, il tomberait. Je doute qu'il ait tué Niccolo ou Sadie ; en revanche, je crois qu'il connaît le meurtrier et qu'en réalité, il a assisté au crime. Il sait autre chose que je ne parviens pas à lui faire dire.

— Tout a un prix, lui rappela Squeaky. Ne propose pas tes services pour rien. Je sais bien que tu es médecin et tout et tout, mais les médecins se font payer.

Une expression indescriptible passa sur le visage de Crow. Squeaky redouta un instant de ne pas pouvoir faire comme s'il ne l'avait pas remarqué. D'un seul coup, il réalisa que, depuis tant d'années qu'il le voyait aller et venir et soigner les maux de toutes sortes de gens, il ne savait presque rien de son ami, sinon qu'il était ce jeune homme en manteau noir au sourire éblouissant et à l'humour bizarre. Et maintenant qu'il venait de dépasser les limites, jamais il ne le connaîtrait. C'était un territoire où Crow ne voulait pas le laisser pénétrer. Squeaky se glaça à cette idée. Et soudain, un sentiment dont il n'avait encore jamais pris conscience l'envahit : le sentiment d'une solitude dévastatrice.

— Je n'ai rien à lui proposer en échange, répondit Crow, sans regarder ni Henry ni Squeaky. Désormais, sa souffrance est impossible à soulager. Il est condamné à vivre avec jusqu'à ce qu'elle le tue.

Squeaky frissonna. Sans doute était-ce ce qui attendait tout un chacun, en un sens : l'ultime solitude. Il fut écœuré d'éprouver de la peine pour cet homme à l'accoutrement ridicule.

Henry se pencha vers Crow.

— Ce qu'il refuse de vous dire, c'est qui est le meurtrier ? Ou bien s'agit-il d'autre chose ?

— Autre chose, je crois, répondit Crow après avoir réfléchi quelques secondes.

— La raison pour laquelle on les a tués ? suggéra Henry.

Squeaky dévisagea Crow, puis Rathbone, puis de nouveau Crow.

— Quelque chose qui concerne Sadie, reprit le médecin. Un secret qu'il garde pour lui, que lui connaît et nous pas. Nous nous trompons sur elle. Ce que nous croyons est complètement faux. Mais j'ai beau essayer de comprendre quoi, je n'y arrive pas.

— Vous pensez que Lucien a tué Sadie ? interrogea Henry.

Squeaky devina à la tension de sa voix que, si Crow avait dit « oui », il aurait gobé sa réponse sans sourciller.

Crow s'adressa à Henry comme si Squeaky n'était même pas dans la pièce.

— Non. Il n'avait aucune raison. Elle lui apportait le plaisir physique qu'il désire, et elle était très douée pour donner l'impression aux hommes qu'elle les admirait, qu'ils étaient importants… et même qu'elle les aimait, à sa manière ! Je vois mal comment il aurait sacrifié tout cela de son plein gré.

— C'est plus ou moins ce que j'ai appris de mon côté, confirma Henry. Les plaisirs, l'admiration, une sensation de pouvoir… ce sont les faiblesses de Lucien. Mais pas la violence. Il semblerait qu'il en allait de même pour Niccolo, d'après ce que l'on m'a raconté.

— Et la jalousie ? suggéra Squeaky. La plupart des hommes deviennent violents quand les femmes qu'ils pensent leur appartenir s'intéressent de trop près à un autre. Je l'ai constaté d'innombrables fois. Et il n'est pas indispensable d'être amoureux. Il s'agit pour eux de posséder, d'être le meilleur. Si un homme est capable de vous prendre une femme, c'est signe que vous n'êtes qu'une mauviette. Que vous pourriez aimer n'importe qui.

Il se força à chasser le souvenir de ce qu'il avait pu faire autrefois pour qu'on ne le croie pas vulnérable, de cette peur qu'il inspirait dans le seul but de se protéger. Les visages blêmes de terreur étaient encore trop présents dans son esprit.

Henry et Crow le regardaient tous les deux.

Squeaky eut l'impression que la laideur de ses pensées transparaissait sur son visage, qu'ils la voyaient. Tant de laideur les révulserait. Elle le révulsait lui-même. Il se sentit mis à nu de façon douloureuse et humiliante. Il devait avoir les joues en feu.

— On dit qu'elle était magnifique, reprit-il, sur la défensive. La beauté a parfois de drôles d'effets sur les hommes, Lucien lui-même l'a reconnu. De longs cheveux noirs comme de la soie, des yeux bleu océan, une bouche inoubliable… Tout cela se glisse dans vos rêves, que vous le vouliez ou non.

— Si Sadie était ce genre de femme, il est possible qu'elle se soit attiré d'autres ennemis, observa Henry. Je sais que vous jouez à l'avocat du diable, Squeaky, ce qui nous est fort utile, mais admettez-le vous aussi.

— Je connais trop bien le diable pour vouloir jouer avec lui ! Ou m'en faire l'avocat !

— Je veux dire par là que vous avancez l'argument contraire, afin que nous considérions notre affaire en pleine lumière, sous tous ses aspects, précisa Henry. J'ai posé des questions sur Niccolo, mais les réponses obtenues m'en ont appris bien davantage sur Sadie. Elle était très belle, et souvent très drôle… même s'il est plus facile d'amuser les ivrognes, ou les amoureux, que le reste d'entre nous !

Il secoua la tête.

— Néanmoins, il semble qu'elle ait été une personne débordante de vie, et jamais ennuyeuse, ce qui est parfois le plus grave des péchés… Mais elle était esclave de la cocaïne et terrorisée quand elle n'en avait pas.

Le visage dans l'ombre, il s'interrompit une seconde.

— Elle aurait pu être atteinte d'une maladie… La tuberculose, par exemple. Qu'en pensez-vous, Crow ?

— Vous avez probablement raison, répondit le médecin. Cette vitalité, cette volonté féroce de mordre la vie à pleines dents sont les signes d'une angoisse. J'ai déjà vu cela. On veut tout et tout de suite, de crainte qu'il n'y ait pas de lendemain…

Brusquement, il se tut. Henry lui effleura le bras avec gentillesse avant de laisser retomber sa main.

Crow respira à fond et poussa un soupir.

— Ah bon ? s'étonna Squeaky. Elle serait morte de toute façon ? Et tu crois qu'elle le savait ?

— J'ignore si elle le savait, répondit Crow.

— Tu es médecin… tu dois le savoir ! s'exclama Squeaky sur le ton de l'accusation.

— Je ne suis pas médecin, murmura Crow en fixant le sol.

Squeaky faillit lui demander pourquoi il disait cela, puis il comprit que ce serait indiscret, et même cruel. Crow était son ami, or on ne fait pas intrusion dans la douleur d'un ami, encore moins dans ce qui est ressenti comme un échec.

— C'est néanmoins probable, reprit Crow. La fièvre, les yeux brillants, le teint blafard et les joues enflammées, l'énergie frénétique et la fatigue… la conviction qu'elle n'avait plus très longtemps à vivre – le besoin de tout faire dans l'instant.

— Vous paraissez très sûr de vous, observa Henry avec bienveillance.

— J'ai vu un si grand nombre de cas…

Crow reprit sa respiration, comme s'il allait ajouter autre chose, puis soupira et se mura dans le silence.

Squeaky jeta un coup d'œil à Rathbone.

— Personne n'y peut rien, dit ce dernier à Crow.

Le regard douloureux, le médecin esquissa un petit sourire.

— Je croyais que si, du temps où j'étais jeune et idiot ! Ma mère avait la tuberculose. C'est pour cette raison que j'ai décidé de devenir médecin. Je pensais que je parviendrais à la guérir. Mais elle est morte. C'est à ce moment-là que j'ai abandonné mes études. À quoi bon continuer ? dit-il en clignant les yeux, puis en fixant un point au loin sur le mur. Et aujourd'hui, je le regrette.

— Nous échouons tous en quelque chose, fit valoir Henry. D'une manière ou d'une autre. Entre ce qui ne se passe pas comme on l'avait espéré, les personnes que l'on aime et qui ne nous aiment pas en retour, les rêves qui s'effondrent… Le temps nous rattrape, et on se rend compte de ce que l'on a échoué à accomplir, des occasions de faire preuve de gentillesse et de courage que l'on a gâchées, en sachant qu'elles ne se représenteront plus. On entrevoit alors ce que l'on aurait pu être et que l'on n'a pas été.

Squeaky en resta médusé. Mais de quoi diable parlait Rathbone ? Certainement pas de sa vie ! Il avait mis au point des inventions, avait eu un fils devenu le meilleur avocat de Londres, possédait une belle maison, et les gens lui faisaient confiance et l'admiraient. Avait-il jamais connu l'échec ?

Henry avait reporté son attention sur Crow.

— Vous n'en avez pas moins secouru d'innombrables personnes, dit-il avec conviction. Plus important, vous avez aidé des gens que nul autre que vous n'aurait accepté d'aider. Aussi ne vous en voulez pas de ne pas sauver le monde entier ! Aucun d'entre nous ne réussit en tout et tout le temps, ajouta-t-il avec un petit sourire. Si c'était le cas, imaginez comme nous serions arrogants ! Personne n'aurait besoin de Dieu.

— Dieu ramassera-t-Il les miettes que nous semons ? s'enquit Squeaky en souriant.

— Je n'en sais rien. Mais je n'ai pas l'intention de laisser tomber Lucien tant qu'il sera en mon pouvoir de l'aider. Il reste toujours une chance.

— Vous êtes un rêveur, lui dit Squeaky. Ce monde n'est pas fait pour vous.

— L'enfer est à tout le monde, à un moment ou à un autre, rétorqua Henry.

Squeaky se mit à fulminer.

— Vous êtes ici depuis des jours et vous n'en avez toujours pas la moindre idée ! Lucien est ici parce qu'il le veut !

Il parla entre ses dents en se détestant d'agir ainsi. Il ne voulait pas blesser ce gentleman qui se montrait si aveugle face à la réalité. Il l'aimait bien. Mais il avait beau avoir de l'affection pour lui, Rathbone n'en était pas moins cinglé ! Il fallait bien que quelqu'un le sauve de lui-même.

Crow regardait fixement Squeaky.

— Pas la peine de me regarder comme ça ! s'exclama ce dernier. Il est venu ici par plaisir, peu importe ce qu'il en coûte et qui paye. Il a voulu vivre dans un monde où on le flattait en lui répétant qu'il était beau et intelligent… Il a voulu croire aux mensonges, et il y a cru. Il se fichait pas mal de qui que ce soit, et à présent, personne ne se soucie de lui. Il est ici parce qu'il l'a choisi. Vous n'y pouvez rien, conclut-il en se tournant vers Rathbone.

— En effet. Cependant, s'il choisit d'en partir, peut-être pourrais-je l'aider à croire qu'il en est capable.

— Il est trop tard, trancha brutalement Squeaky.

Et ce n'était pas par volonté de blesser, mais ce fol espoir, et le désespoir qui s'ensuivrait, lui étaient insupportables. Il fallait en finir.

— Il n'est jamais trop tard, s'obstina Henry. Enfin, si cela arrive parfois, ce n'est pas encore le cas. Il reste une raison de se battre. Il va de soi que vous êtes libre de vous en aller, même si je préférerais que vous restiez. Nous avons besoin de votre aide et de votre expérience.

Squeaky eut envie de jurer, mais aucun mot de son vaste vocabulaire n'aurait été à même d'exprimer ses sentiments.

— Alors il faut que je reste ! déclara-t-il avec brusquerie. Vous n'auriez pas assez de bon sens pour trouver la sortie d'un sac en papier mouillé !

— Merci, rétorqua Henry avec sérieux.

— J'ai réfléchi, dit soudain Crow en pesant ses mots. Parce que j'ai posé des questions, j'ai entendu des tas de choses sur le compte de Sadie. Et si une bonne part doit relever du mensonge, je suis incapable de dire laquelle. Démêler le vrai du faux pourrait être notre prochaine tâche.

Le regard brillant d'espoir, il se tourna vers Henry, puis vers Squeaky.

— Qu'est-ce qu'on t'a raconté ? rétorqua ce dernier d'une voix lasse. Que c'était une prostituée hors pair, qu'elle avait la tuberculose ou je ne sais quelle maladie qu'elle aurait pu attraper. Qu'elle avait de longs cheveux très noirs et les yeux très bleus…

— Qu'elle était grande, mince et d'une grâce extraordinaire, ajouta Crow. Et que son regard avait quelque chose de dérangeant, à en croire ceux qui n'étaient pas épris d'elle. Un œil vert et l'autre noisette.

— On t'aura donc donné deux versions, répliqua Squeaky en haussant les épaules. Quelle importance ?

— Et s'il y avait deux femmes ? suggéra Henry. Et si Sadie n'était pas celle dont Niccolo était amoureux ? Lucien n'aurait alors eu aucune raison de le tuer.

Un nouvel espoir éclaira soudain son visage.

Squeaky sentit la colère bouillonner au fond de lui, si féroce qu'il en avait une barre à la poitrine. Comment pouvait-on être aussi naïf ? On aurait dit que Rathbone cherchait à se faire lui-même du mal… À peine le tirait-on d'un bourbier qu'il sautait à pieds joints dans le suivant !

— Lucien est vain, stupide, d'un total égoïsme, imbibé jusqu'aux yeux d'opium, d'alcool et de tout ce qui lui tombe sous la main ! Il n'a besoin d'aucun motif pour perdre son sang-froid et tuer quelqu'un !

— Il y avait cependant bel et bien une autre femme que fréquentait Niccolo, argua Crow. Et si c'était celle aux yeux vert et noisette ?

— Pourrions-nous la retrouver ? demanda aussitôt Henry. Connaissez-vous son nom ou quoi que ce soit d'autre sur elle ?

— Rosa, répondit Crow en étouffant un bâillement. Apparemment, il la battait souvent. J'ai demandé s'il était possible de lui parler, mais personne ne l'a vue depuis quelque temps.

— À quoi ressemble-t-elle ? Elle doit bien être quelque part... Peut-être qu'elle se cache parce qu'elle sait ce qui s'est passé... Ou qu'elle a un protecteur qui la surveille... et qu'il a tué Niccolo... et que Sadie se trouvait être là... À moins que cette histoire n'ait aucun rapport avec Sadie... Qu'en pensez-vous, Mr. Robinson ?

Celui-ci vit l'espoir qui animait son regard et s'en voulut à l'avance de le réduire à néant.

— C'est possible, répondit-il sans enthousiasme. Mais si personne n'a vu cette fille, je ne sais pas comment on va la retrouver.

— En cherchant son protecteur ? suggéra Henry.

— Son souteneur, vous voulez dire ! L'homme à qui elle appartient.

— Oui, si vous préférez, concéda Henry en grimaçant.

— Et si son souteneur était Shadwell ? interrogea Squeaky.

Une crampe dans la jambe l'obligea à changer de position. Le froid était si pénétrant qu'il regrettait la chaleur confortable de la clinique de Portpool Lane.

— Est-ce qu'on veut se mettre à sa recherche ? ajouta-t-il.

— C'est lui qui distribue l'opium… et sans doute la cocaïne, fit remarquer Henry.

Soudain, Squeaky eut une idée, une idée folle qui leur permettrait de remonter une vraie piste.

— Au départ, on ne savait pas si c'était Lucien ou Niccolo qui avait été tué, dit-il en vitesse. Et comme on nous a donné des descriptions différentes de Sadie, on ignore si c'est elle qui a été tuée ou cette Rosa. Mais si personne ne l'a vue ces jours-ci, c'est peut-être parce qu'elle est morte !

— Personne n'a vu Sadie non plus ! lui rappela Crow en le dévisageant avec des yeux ronds.

— Pourquoi quelqu'un aurait-il voulu tuer Rosa ? demanda Henry avec une perplexité non dissimulée.

— On devrait poser la question à Lucien, répliqua Squeaky. On devrait même lui en poser plusieurs autres, à commencer par quel genre de services il a rendu à Shadwell ces derniers temps. Qui d'autre a-t-il amené ici ? Quelqu'un dont nous ignorons jusqu'à l'existence pourrait être mêlé à cette histoire… Il faudrait également interroger Lucien sur ce qu'il sait sur Shadwell… et en veillant à obtenir une réponse claire, cette fois ! Si Shadwell est le souteneur de Rosa, est-il également celui de Sadie ? Auquel cas, que paie Lucien et que fait-il d'autre pour bénéficier de ses faveurs ?

Henry fit une grimace.

Squeaky lui en voulut de faire preuve d'autant d'innocence.

— Eh bien, oui, c'est comme ça ! s'exclama-t-il, se détestant encore plus. Écoutez, vous voulez sortir Lucien d'ici, non ? Alors, il faut regarder la réalité en face !

Crow jeta un coup d'œil à Rathbone tout en réfléchissant à ce qu'il allait dire.

— Vous avez raison, dit ce dernier avant qu'il ait pu prendre la parole. Nous allons reparler à Lucien. Je vous serais toutefois reconnaissant de me laisser mener l'interrogatoire.

Les jambes ankylosées, il se releva tant bien que mal. Il était resté assis sur le sol dur un bon moment, et il avait si froid que ses muscles se bloquèrent quand il voulut resserrer son manteau. Il s'approcha de l'endroit où Lucien était recroquevillé, plus ou moins somnolent.

Bessie leva vers lui son petit visage crasseux, les yeux marqués par la fatigue.

— Je crois qu'il va un petit peu mieux, dit-elle, pleine d'optimisme.

Henry s'agenouilla.

— Bien. Merci. Il va malheureusement falloir qu'on le dérange pour lui poser quelques questions.

La gamine acquiesça, mais ne proposa pas de les laisser tous les deux. Outre le fait qu'il n'y avait nul autre endroit où aller, Henry eut l'impression qu'elle tenait à monter la garde auprès de lui, comme si c'était la seule protection qu'elle pouvait lui offrir.

— Relevez-vous, Lucien, et écoutez-moi, ordonna Henry d'un ton ferme. Je dois vous parler, ainsi que Crow et Squeaky. Nous avons des questions à vous poser qui ne peuvent plus attendre.

Le jeune homme remua vaguement et ouvrit les yeux. Il était livide, ses cernes ressemblaient à des bleus. Cependant, malgré ses joues creusées, il n'avait pas l'air aussi mal en point que la veille.

Quand Henry l'aida à s'asseoir, Bessie se précipita de l'autre côté pour en faire autant. Pris de nausée, Lucien laissa échapper un petit cri de douleur en sentant la croûte qui s'était formée sur sa blessure lui tirer la peau tandis qu'on l'adossait contre le mur.

— J'ignore qui les a tués, lui ou elle, murmura-t-il en se mordant la lèvre.

— J'en suis convaincu, dit Henry en s'installant par terre dans une position plus confortable.

Crow et Squeaky se tenaient juste derrière eux.

— Seulement, d'autres éléments importants pourraient nous amener à identifier le meurtrier.

— Rien n'a d'importance, Mr. Rathbone, rétorqua Lucien. Et ça ne changera rien. Si Niccolo ou Sadie sont morts, tout le monde croira que je les ai tués.

— Taisez-vous et répondez aux questions ! lança Squeaky d'un ton sec. C'est à Mr. Rathbone de décider ce qui est important ou non, pas à vous !

Lucien esquissa un petit sourire en regardant Henry.

— Qui est votre charmant ami ?

— Squeaky Robinson. Et à l'instant, il a raison. Il y a des quantités de choses que nous ignorons et qu'il est indispensable que nous sachions.

Lucien détourna les yeux.

Squeaky crut qu'il avait honte et qu'il essayait d'inventer un mensonge pour s'excuser. À moins que le jeune homme n'ait pris peur… Peut-être avait-il fini par comprendre que quelqu'un disposait d'un plus grand pouvoir que lui et que, quoi qu'il fît, il allait l'anéantir. L'espace d'une seconde, Squeaky éprouva un sentiment de pitié qui lui causa une douleur surprenante. Il s'en étonna. Il n'allait tout de même pas se laisser attendrir… Les jeunes gens gâtés et arrogants comme Lucien Wentworth, tout leur avait été offert sur un plateau, des privilèges dont il n'avait jamais osé rêver ! Une maison où il faisait chaud même en plein hiver, et où on leur servait non pas des restes mais de bons repas sains et raffinés. Des beaux habits toujours impeccables. Des proches qui s'inquiétaient de leur sort. On leur apprenait à lire, à écrire et à compter, ainsi qu'à parler comme des gentlemen. Sans qu'ils aient jamais à redouter le lendemain ou même à s'en soucier.

Lucien, en particulier, n'était qu'un lâche et un imbécile. Il avait rejeté tout ce pour quoi Squeaky eût été prêt à mourir, ne serait-ce que pour en profiter quelques jours. Alors pourquoi s'apitoyait-il sur ce garçon ? Était-ce seulement parce que Hester l'aurait fait ? Ou bien à cause de Henry Rathbone ?

— Lucien, je ne suis pas en mesure de vous protéger, et si je l'étais, je m'en abstiendrais, poursuivit Henry. Le seul moyen de sortir de là est d'affronter la réalité. Croyez-moi, il n'existe pas d'échappatoire. Que vous fuyiez ou non, la douleur viendra, tout comme l'obscurité.

Squeaky tiqua. Il s'empêcha de l'interrompre, mais entendre Rathbone parler ainsi d'une voix posée était encore pire que la colère ou la franche émotion.

— J'ignore qui a été tué et par qui, répéta Lucien. Et si Shadwell vient me tuer, je ne le saurai pas davantage. Il est inutile de me menacer. Je n'y peux rien.

— Je suis convaincu que c'est ce que vous pensez, répliqua Henry. Parlez-moi de Shadwell. Est-il le souteneur de Rosa ? Et de Sadie ?

— De Sadie. Enfin… elle est à lui.

L'émotion assombrit le regard de Rathbone une seconde, mais il se ressaisit. Squeaky aurait eu de la peine à le formuler, pourtant il commençait à comprendre les sentiments complexes de cet homme, ceux qui éveillaient chez lui à la fois la pitié et la colère, et d'autres plus universels.

— Est-il également celui de Rosa ? interrogea Henry.

— Non, répondit Lucien d'un air sceptique sans toutefois rien dire de plus.

— Pourquoi Sadie est-elle à lui ?

— Parce qu'il lui fournit la cocaïne dont elle ne peut se passer.

— Et Rosa ?

— Elle n'en prend pas.

— Pourquoi lui donne-t-il de la cocaïne ? Cela coûte cher.

Lucien ne répondit pas, mais Squeaky le vit se mordre la lèvre. Ce qui dut le faire souffrir, quoique moins que le mal qui le consumait.

— Elle attire les hommes comme peu de femmes ont le don de le faire, finit par répondre Lucien. Et elle sait les garder. Si bien qu'ils reviennent, encore et toujours…

Une lueur moqueuse passa un bref instant dans ses yeux.

Henry posa la main sur son poignet et le serra avec douceur mais fermeté.

— Et pourquoi Shadwell tient-il tant à vous ? Que faites-vous pour lui que Sadie ne peut pas faire ?

Crow cessa de regarder Henry pour se tourner vers Lucien. Squeaky crut qu'il allait l'interrompre. La misère qu'exprimait le visage du jeune homme était si accablante qu'il faillit lui-même intervenir.

Puis Crow se pencha en arrière sans rien dire.

— Je lui amène différentes sortes de gens, dit alors Lucien. Des gens qui ont d'autres goûts… Des sadiques, des voyeurs, d'autres qui aiment se faire ligoter. Moi-même, certaines choses me révulsent… Si j'avais tout accepté, peut-être que Shadwell n'aurait assassiné personne, qui qu'il ait pu tuer !

— Qui est-ce, Lucien ? Niccolo ? Rosa ? Sadie ?

— Je ne sais pas.

— Et ce Niccolo, d'où vient-il ? demanda Squeaky. C'est vous qui l'avez amené ?

— Oui. Il y a plusieurs mois…

— Qui est-ce ? insista Squeaky.

— Un jeune homme qui a des prétentions, répondit Lucien avec mépris. Son père a fait fortune dans je ne sais quel commerce…

— Alors pourquoi vit-il dans ces bas-fonds et non dans la bonne société ? s'enquit Henry en regardant la pièce autour de lui. Pour vivre ici, il ne faut vraiment pas être prétentieux !

— Pour vivre dans la société qu'il vise, il faut y être né. Les places ne s'achètent pas. Je ne connais pas son histoire, et elle ne m'intéresse pas, conclut Lucien en tournant la tête.

Squeaky le saisit à l'épaule en enfonçant ses doigts dans sa chair.

Lucien grimaça de douleur et poussa un cri.

— Pas la peine de prendre vos airs supérieurs avec nous, espèce de petit crapaud inutile ! siffla Squeaky. Qui d'autre avez-vous amené à Shadwell ?

— Uniquement ceux qui le désiraient plus que tout, répondit Lucien avec rage.

— Niccolo vient-il pour les stupéfiants, les tortures ou seulement les femmes ? Pour Sadie en particulier ?

— Les femmes. Sadie n'était pas pour lui.

— Rosa ?

— Oui. Rosa lui plaisait. Elle aussi était jolie, très jolie… Mais elle avait une sorte d'innocence, alors que Sadie vous faisait croire qu'elle savait tout du plaisir depuis le commencement de l'humanité dans le jardin d'Éden…

— Niccolo prenait-il de la cocaïne ? demanda Crow.

Lucien dut faire un effort pour se concentrer de nouveau sur le présent. Son sourire s'évanouit.

— De la cocaïne, oui… et du cognac.

— Que lui fournissait Shadwell ?

— Sans doute.

— Que voulait-il d'autre ? demanda Henry. Que faites-vous pour lui qui vaille qu'il vous fasse cadeau de son temps et de sa meilleure recrue ? Car Sadie était la meilleure, n'est-ce pas ?

— Oui.

— Lucien !

— Il voulait que je lui amène des clients fortunés, des gens de la même classe sociale que moi, qui ont de l'argent et sont las des plaisirs mondains et de leur banalité, dit-il avec un léger haussement d'épaule qui lui arracha un tressaillement de douleur. Des hommes qui cherchent à échapper à un mariage convenable et prévisible avec une jeune femme ennuyeuse, à l'enchaînement interminable de ces sempiternels mêmes dîners, soirées et conversations pour le restant de leur vie… Ils veulent des rêves fous, de la passion, découvrir de nouveaux lieux de l'esprit, les fièvres de l'imagination et des sens…

— Ils veulent de l'opium ou de la cocaïne pour s'abîmer dans des rêves qu'ils sont incapables d'inventer eux-mêmes, résuma Henry. Mais que feront-ils le jour où ils se réveilleront et ne verront plus autour d'eux que des cendres ?

— Ils en reprendront, dit Lucien, la voix éraillée. Je le sais… Je n'ai pas fait ce que voulait Shadwell, c'est peut-être pour cela que Niccolo est mort. Pour que j'apprenne ce qu'il en coûte de lui désobéir…

Il ne protesta pas davantage, et sa déclaration n'en était que plus claire, plus forte.

— Parce qu'on pouvait se passer de Niccolo ? demanda Henry avec amertume.

L'expression hargneuse de Lucien suffit à lui apporter la réponse.

Squeaky se releva. Ses genoux craquèrent. Il était transi de froid, tout endolori, et sa fatigue était telle qu'il aurait pu dormir n'importe où, sauf dans cette immonde porcherie.

— Bien. Nous devons donc retrouver Niccolo… ou Rosa, si toutefois l'un ou l'autre est encore en vie, dit-il à ses compagnons avant de se tourner vers Lucien. Vous, vous restez ici. Même si on vous faisait confiance, ce qui est loin d'être le cas, vous êtes trop faible pour nous être d'une quelconque utilité. Et puisque quelqu'un doit veiller sur vous, mieux vaut que ce soit Bessie. Vous ferez ce qu'elle vous dira.

Sa voix se fit murmure menaçant.

— Et si vous lui faites le moindre mal, ou si vous laissez qui que ce soit l'approcher, vous regretterez de ne pas être plutôt tombé entre les sales pattes de Shadwell, croyez-moi ! Puisqu'il a besoin de vous, il est peu probable qu'il vous tue.

Moi, vous ne m'êtes rien, aussi je vous tuerai dans la seconde même. Seulement je ne le ferai pas, je prendrai tout mon temps… Compris ?

Lucien esquissa un vague sourire ; un sourire chaleureux, sans apitoiement.

— Je vous crois sur parole, répondit-il. Et si Shadwell vous tue, ce qu'il ne manquera pas de vouloir faire, je suppose que vous attendez de moi que je la renvoie dans un monde plus digne que celui-ci ?

Squeaky n'avait pas du tout prévu cette réponse qui le laissa tout décontenancé.

— Oui, dit-il. C'est exactement ce qu'on attend de vous.

Le rire très doux de Lucien se termina en quinte de toux.

— Pauvre Bessie… Dieu lui vienne en aide !

La gamine se raidit.

— Laissez donc Dieu où il est ! rétorqua Squeaky. Étant donné qu'on n'a que vous, vous le ferez !

Ils achetèrent des provisions – du pain, du fromage et une petite saucisse. Henry récupéra du bois en quantité suffisante pour alimenter le poêle pendant environ deux jours, Crow changea le pansement de Lucien, puis les trois hommes sortirent discrètement et partirent à la recherche de Shadwell.

Ils s'enfoncèrent plus avant dans ce monde de débauche qui commençait par coûter de l'argent et s'achevait par la lente désagrégation de l'existence même.

— Ça ne sert à rien, dit Squeaky, tandis qu'ils descendaient des marches d'où l'on percevait le bruit et l'odeur de la Tamise toute proche. En admettant que nous trouvions ce Shadwell, il ne pourra pas aider Lucien… Il n'essaiera même pas !

Arrivés au bas de l'escalier, ils tournèrent à gauche dans un passage d'où partaient plusieurs venelles. Des éclats de rire leur parvinrent sur la gauche, puis des odeurs de vin, de fumée et de sueur, et d'autre chose de vaguement écœurant.

Ils s'immobilisèrent.

— Shadwell ne retient pas Lucien ici contre son gré, vous savez, renchérit Squeaky. Le trouver ne changera rien.

Les mains dans les poches, les épaules voûtées, Henry l'ignora et se remit en marche. Le froid était si terrible qu'il leur tardait d'arriver quelque part où il y aurait du monde.

Dans l'une des caves où ils pénétrèrent, la température était sensiblement plus supportable, mais l'air était si chargé de fumées d'opium que Henry se mit à suffoquer. Même Crow mit son foulard devant sa bouche. La lumière tamisée leur permit de distinguer une vingtaine de silhouettes affalées, dans un semblant de repos. Certains semblaient à peine conscients. Leur regard vitreux donnait l'impression qu'ils ne voyaient rien de ce qui les entourait, seulement le monde chaotique qui les habitait.

Henry tenta de parler à une ou deux personnes sans obtenir de réponse cohérente.

— Ne vous embêtez pas, lui conseilla Squeaky. Ils ne reconnaîtraient même pas leur mère ! Il est d'ailleurs probable qu'ils ne l'ont jamais connue… Ce n'est pas ici qu'on trouvera Shadwell. L'opium est son esclave, pas son maître. Mieux vaudrait tenter notre chance dans les bordels. Là, au moins, les clients seront conscients !

Crow observa plusieurs fumeurs d'opium, des hommes en majorité, bien qu'il y eût également quelques femmes.

— Il a raison. Ceux-la ne pourront rien nous apprendre.

Ils venaient de faire demi-tour lorsqu'un homme chauve tatoué sur le cou et les avant-bras leur barra le passage. Il lui manquait le pouce à la main droite.

— Qu'est-ce que vous fichez ici ? demanda-t-il avec un fort zézaiement. On veut entrer sans payer, pas vrai ? Mais ce n'est pas comme ça que ça marche, messieurs… On entre, on paye !

— On fume, on paye ! rétorqua succinctement Squeaky.

— Vous entrez, vous payez ! s'entêta le tatoué en faisant claquer ses doigts.

Aussitôt, une silhouette sortit de la pénombre pour venir le rejoindre.

Henry chercha de l'argent au fond de sa poche.

— Surveillez-le bien ! lui intima Squeaky en le retenant par le bras.

Il sentit Rathbone grimacer de douleur. Il s'excuserait plus tard. Pour l'instant, il fallait qu'il l'empêche de montrer qu'il avait de l'argent sur lui, sans quoi ils se feraient tous entièrement dépouiller et auraient de la chance s'ils s'en sortaient indemnes. Son instinct avait beau lui souffler de se battre, ils ne pourraient pas l'emporter. Ces types seraient armés de couteaux et de rasoirs, peut-être même de garrots. L'opium coûtait très cher et valait la peine qu'on le protège. Henry n'avait aucune idée de ce à quoi il avait affaire. S'il avait été un tantinet malin, Squeaky aurait mis un terme à cette mascarade avant que les choses ne soient allées trop loin. Il était devenu trop lent, c'était sa faute. Il manquait de pratique… ou plutôt, d'un minimum de cervelle !

— Ce monsieur travaille pour l'Homme de l'Ombre, expliqua-t-il aux autres tout en faisant un clin d'œil à Henry. Et s'il a l'air d'un gentleman, c'est parce qu'il en a été un autrefois. Le jour où les gentlemen touchent le fond, ils sont pires que ceux qui y sont nés ! Il était chirurgien. Ce qu'il est capable de faire avec une lame, une toute petite lame, très, très fine, vous préféreriez ne pas le savoir, conclut-il, en rapprochant encore son pouce et son index.

Sidéré, Henry le regarda bouche bée.

Crow se fendit d'un immense sourire qui dévoila toutes ses dents.

— D'ailleurs, on l'appelle le Saigneur, renchérit-il, jouant le jeu à son tour. On lui donnerait le bon Dieu sans confession, pas vrai ? C'est en général ce qu'on croit jusqu'à ce qu'il s'approche, et là, il est déjà trop tard !

Il tendit sa main vers la gorge du chauve d'un geste si brusque que celui-ci ne vit pas le coup venir, puis l'éloigna avant même qu'il ait pu réagir.

Le sourire de Crow s'élargit plus encore.

— Allons, vous exagérez ! s'indigna Henry.

Squeaky le fixa d'un regard grave.

— Non, le Saigneur ! Calmez-vous. Notre ami plaisantait. Il ne pensait pas à mal. N'est-ce pas ? dit-il en se tournant vers le chauve. Dites que vous ne pensiez pas à mal, et je l'emmène loin d'ici. Pas d'ennuis, pas de sang. Le sang, ce n'est jamais bon pour le commerce. Les clients viennent dans l'idée de passer un moment tranquille et de s'échapper un peu. Le sang les ferait fuir sur-le-champ.

— Ne remettez plus les pieds ici, sinon vous aurez affaire à moi ! s'écria le chauve d'un air résolu, quoique guère convaincu.

Il se recula pour les laisser passer.

Sans perdre une seconde, Crow et Squeaky empoignèrent Henry chacun sous un bras, lui firent monter l'escalier et l'entraînèrent au bout de la ruelle avant de le relâcher.

Le brouillard était plus dense, le verglas luisait sur les pavés. On ne distinguait qu'à peine le halo des réverbères dans l'obscurité.

— C'était grotesque ! s'exclama Henry, dont le sourire se devinait toutefois dans la voix. Qu'auriez-vous fait si cet homme ne vous avait pas crus ?

— Je lui aurais enfoncé deux doigts dans les yeux, répondit Squeaky sans hésiter. Mais la chose aurait pu très mal se terminer.

— On ferait mieux d'avancer, suggéra Crow. On ne voudrait pas qu'un des types de cette bande nous rattrape…

— Ce qu'il faut, c'est retrouver Rosa ou Sadie, peu importe laquelle est encore en vie, décida Squeaky. Elles ne se laissent sûrement pas acheter par le premier venu qui a assez d'argent. Je vous parie que ce sont elles qui choisissent leurs clients, pas eux, même si c'est ce qu'ils croient ! Shadwell ne leur trouve pas des clients, ce sont elles qui lui en amènent.

— Tu as raison, dit Crow. Par conséquent, comment nous rendre là où *ce sont elles* qui nous trouveront ?

Squeaky lui jeta un regard désobligeant, qui échappa à son ami à cause de la pénombre.

— Ah oui ? Et d'après toi, lequel d'entre nous choisirait une fille comme Sadie ? lança-t-il, sarcastique.

— Crow, sans l'ombre d'un doute, répondit Henry. Vous et moi, nous sommes trop vieux, sans compter que nous ne correspondons pas du tout au rôle.

En entendant cela, Crow s'en décrocha la mâchoire. Et il eut beau chercher, il ne trouva rien à rétorquer. Pour une fois, même son sourire ne lui fut d'aucun secours.

— À votre tour ! dit allègrement Henry en lui tapotant l'épaule. À mon avis, on ferait bien de commencer par reprendre des forces en s'offrant un bon repas. La nuit risque d'être longue…

Il leur fallut en réalité deux longues nuits et nombre de vaines tentatives avant qu'on leur indique l'endroit qu'ils cherchaient. Ils atterrirent dans un petit club d'une parfaite discrétion, où le champagne, excellent, coulait à flots, et où des hommes et des femmes montraient ouvertement qu'ils étaient disponibles. D'innombrables portes donnaient sur des pièces, des rideaux et des rires, ou sur d'autres portes fermées à clef. Les gens portaient toutes sortes de costumes. Certains colorés, voire pittoresques, empruntés à l'histoire ou sortis de l'imagination, d'autres tout simplement obscènes. Il était parfois difficile de déterminer si la personne déguisée était de sexe masculin ou féminin. Certaines qui paraissaient avoir de la poitrine n'en avaient pas moins d'impressionnantes braguettes plus que suggestives.

Presque toutes les perversions se trouvaient ici comblées. Voir deux hommes ensemble, parfois trois, était relativement répandu. Un être à moitié nu, qui visiblement possédait les organes des deux sexes, fit l'effet à Squeaky d'une telle humiliation qu'il fut pris d'un sentiment de pitié, en même temps que de dégoût à l'égard de ceux qui le payaient par curiosité, ou pour satisfaire quelque désir tordu.

Lorsqu'un jeune homme mince et pâle l'invita à un jeu sexuel d'asphyxie par strangulation, Henry blêmit et détourna les yeux. Squeaky se demanda combien de temps il faudrait avant qu'un de ses partenaires ne perde le contrôle de la situation et que le jeune homme ne meure étouffé.

— Voudriez-vous quelque chose à manger, messieurs ? proposa un autre jeune homme. Qu'est-ce qui vous ferait plaisir ? Des huîtres pour vous ouvrir l'appétit ? Du champagne ? Du chocolat ? Un délicieux chocolat noir à lécher sur le corps d'une femme ? fit-il en gloussant. Ou d'un homme, si vous préférez ! J'ai là un ravissant éphèbe que la nature a très généreusement doté.

Pour une fois, Henry ne trouva rien à répondre.

Crow refusa d'un signe de tête.

— Nous trouverons ce qu'il nous faut ! rétorqua Squeaky, que sa voix rauque étonna. Ne vous inquiétez pas… Nous payerons.

L'homme tourna les talons et s'éloigna d'un air grincheux.

Squeaky remarqua la détresse de Rathbone.

— Arrêtez de faire cette tête ! lui souffla-t-il en lui donnant un coup de coude dans les côtes. On dirait que vous venez de mordre dans un œuf pourri !

— C'est en effet mon impression, répliqua Henry en toussotant. Au nom du ciel, qu'est-il arrivé à tous ces gens ?

— Comment je le saurais ? Je n'ai jamais trempé dans ce genre de commerce !

Squeaky était indigné. Henry pensait-il sincèrement qu'il fréquentait des clubs comme celui-ci ?

— Qu'est-ce que vous…

— Ma question n'était que rhétorique, l'interrompit Henry en secouant la tête.

— Quoi ? fit Squeaky, le regard peiné.

L'avouer avait beau l'horrifier, il trouvait blessant que Rathbone puisse le croire familier de pratiques aussi aberrantes, de quelque nom qu'il ait maquillé sa question !

— Une question qui n'attend pas de réponse, précisa Henry. Je me doute que vous ne savez pas plus que moi ce qui déclenche ces comportements chez des personnes qui ont dû un jour être… normales.

— Ah…

Squeaky se sentit rassuré. On venait de le libérer d'un poids écrasant.

Il était en train de lisser sa veste en regardant autour de lui lorsqu'il l'aperçut. Elle se tenait à trois mètres, adossée à l'une des colonnes qui soutenaient le plafond. Ce qui avait attiré son attention n'était pas son rire, pas plus que les gestes de l'homme qui lui faisait face, mais la grâce extraordinaire de son maintien. La tête levée vers son interlocuteur, elle avait un profil délicat, un long cou blanc d'une ligne magnifique. Ses cheveux étaient d'un noir de jais, ses lèvres fardées de rouge. Elle était la seule dans cette salle tapageuse et hystérique à se tenir totalement immobile. Pourtant, ce calme même paraissait plus vivant que les activités auxquelles se livraient les autres. Sadie… Ce ne pouvait être qu'elle. Par conséquent, c'était Rosa qui était morte. Ou Niccolo.

— Crow ! marmonna Squeaky entre ses dents. Crow !

Voyant qu'il ne l'entendait pas, Henry effleura le bras du médecin.

Ce dernier se retourna et se figea sur place, les yeux tout grands écarquillés.

— Allez-y ! ordonna Henry. Tout de suite.

— Mais elle est…

— Nous n'avons pas de temps à perdre. Allez-y, sinon je vais devoir y aller.

Crow hésita.

Squeaky passa derrière lui et lui donna un coup au milieu du dos.

Projeté en avant, Crow lâcha un cri de surprise et s'arrêta à un mètre de Sadie.

La jeune femme le regarda avec un sourire amusé.

— Voilà qui est original… inventif, même ! dit-elle en le toisant de haut en bas.

Le jeune homme auquel elle était en train de parler agrippa le bras de Crow avec humeur en lui disant quelque chose que Squeaky ne comprit pas.

Inquiet, Henry voulut intervenir.

— Non ! lui dit Squeaky d'un ton sec. Laissez-le !

Crow décocha au jeune homme un sourire éblouissant. Puis il le frappa de toutes ses forces dans les tibias, lui arrachant un hurlement de colère et de surprise. Sans plus attendre il attrapa Sadie, l'entraîna dans un coin relativement tranquille et la plaqua contre le mur.

Squeaky et Henry les rejoignirent aussitôt.

— Ce sont mes amis, se hâta de préciser Crow. Il faut qu'on vous parle. Vous êtes bien Sadie ?

Elle acquiesça d'un signe de tête, l'air amusée.

Crow avait une allure peu banale – il n'était pas vilain, juste un brin excentrique. Peut-être lui plaisait-il plus que les jeunes gens gâtés et exigeants qui fréquentaient ces lieux de débauche. Qui plus est, il paraissait sobre et n'avait pas la mine de déterré de tant d'habitués de la vie nocturne dans le West End.

Sadie haussa d'élégants sourcils.

— Ah oui ? Et de quoi désirez-vous me parler ?

— De Lucien Wentworth, répondit Henry.

La jeune femme cessa de sourire.

Squeaky se rapprocha pour empêcher une éventuelle retraite.

Et là, que la lumière fût faible était un avantage, de même que la foule. Ils entendaient au loin des cris et des gémissements de toutes sortes, traduisant des émotions aussi crues que celles d'une basse-cour.

— Il… il est mort, dit-elle, la voix tremblante.

— Non, il n'est pas plus mort que vous ne l'êtes ! rétorqua Squeaky. C'est Niccolo qui a été tué, ou Rosa, ou bien les deux, et vous le savez. Il y avait une mare de sang sur le sol. Qui a été tué, Sadie ? Et pourquoi ?

Elle continua à regarder Henry comme s'il était le plus à même de croire à ses mensonges.

— Je ne sais pas. Je n'ai tué personne.

— Ce n'est peut-être pas vous qui teniez le couteau, concéda Henry. Mais vous l'avez affûté et donné à quelqu'un. À qui ? Et pour quelle raison ?

La jeune femme se redressa un peu. Sous la lumière artificielle, sa peau diaphane avait une sorte d'éclat surnaturel. Ses yeux brillants étaient immenses, ses cils très noirs. La façon qu'elle avait de se tenir évoquait une grâce féline. Sa beauté avait quelque chose d'étrangement dérangeant. Et d'éphémère, comme si elle ne saurait durer.

— J'ignore de quoi vous parlez ! s'énerva Sadie. Si quelqu'un est mort, ça n'a rien à voir avec moi !

— Voilà un mensonge fort maladroit, observa Henry. On ne survit pas dans ce monde sans savoir qui a été tué et pourquoi. Si c'est Niccolo, vous avez perdu un amant. Si c'est Rosa, vous pourriez bien être la prochaine victime.

Elle le fusilla d'un regard venimeux.

— Ordure ! murmura-t-elle. Si vous me touchez, je vous le ferai payer d'une façon que vous n'imaginez même pas ! Vous supplierez qu'on vous enfonce un couteau dans la gorge… et vite !

— Est-ce ainsi que les choses se sont passées ? interrogea Henry sans sourciller. Une vengeance ? Une punition parce qu'on vous avait dérobé quelque chose qui vous appartenait ?

Sadie le regarda avec plus d'attention et vit quelque chose qu'elle ne reconnut pas. Mais qui peut-être lui rappelait des temps meilleurs…

— Je n'ai tué personne, répéta-t-elle, plus lentement, comme si soudain elle avait peur.

— En revanche, vous savez qui est le meurtrier, car c'est vous qui l'avez poussé à agir.

Elle secoua la tête et agita les mains en signe de déni.

— Je n'y pouvais rien ! Je suis obligée de faire ce qu'il me dit, sinon… sinon il ne me donnera plus de cocaïne et j'en crèverai !

L'affolement dont elle était la proie n'était qu'une émotion de plus s'ajoutant à la jungle cruelle qui régnait dans la salle. La fébrilité de son regard rappela à Squeaky la première fois qu'il était entré dans un bordel. Il avait alors à peine six ans et avait été emmené là par sa mère, laquelle lui avait demandé de nettoyer derrière les clients, de balayer, de laver et de toujours rester poli. « C'est grâce à eux si tu as du pain dans ton assiette, lui avait-elle expliqué. Ne l'oublie jamais, mon garçon. »

Une jeune fille était là ; c'était sa première fois. Malgré ses efforts à l'oublier, Squeaky se souvenait encore de l'odeur de la transpiration, du sang et de la peur. Il avait rempli sa mémoire de mille autres choses : le plaisir qu'il prenait lui-même avec les femmes – il en avait même aimé certaines –, les victoires remportées sur des hommes qu'il détestait, les mets délicats et les bons vins, la chaleur, la douceur de la soie… Néanmoins, quand il se retrouvait seul au milieu de la nuit, il lui arrivait encore de sentir cette peur.

— Conduisez-nous à lui, dit Henry dont la voix tira Squeaky de ses pensées et le ramena à l'instant présent.

— Il ne vous sera d'aucune aide, laissez-le tranquille.

La voix de Sadie s'était faite doucereuse, suppliante, et tout son corps avait changé d'attitude. Elle paraissait charmeuse, engageante et affreusement vulnérable.

Crow s'écarta un peu. Squeaky vit le désarroi sur son visage ; un mélange d'embarras, de dégoût et de colère qu'il ne parvenait pas à maîtriser.

— Je pense que cette histoire n'a rien à voir avec Shadwell, dit Crow à dessein. Vous avez tué Rosa et Niccolo. Comment, je l'ignore. Sans doute avez-vous tué d'abord Niccolo. Vous auriez pu le tenir dans vos bras et le poignarder dans le dos avant de lui trancher la gorge. Vous avez ensuite attiré Rosa, qui est restée stupéfaite devant ce spectacle, et vous vous êtes servi une seconde fois du couteau. Peut-être s'est-elle penchée sur Niccolo en pleurant… La frapper par-derrière ne vous aurait pas été difficile. Un bon coup d'une oreille à…

— Non ! s'écria Sadie, qui passa de la plainte à l'attaque en se jetant sur lui pour le griffer au visage.

Squeaky lui saisit la main et lui bloqua les deux bras. Tandis qu'elle se débattait avec la force du désespoir, il lui flanqua un grand coup dans les jambes, qui se dérobèrent sous elle.

Décontenancé, Henry se pencha pour l'aider à se relever.

— Vous feriez mieux de me conduire à Shadwell. Nous verrons ce qu'il a à dire.

Sadie capitula avec une soudaineté surprenante, comme si elle était à bout de forces.

Squeaky ne s'y fia pas. L'œil à l'affût, il resta en retrait au cas où elle changerait d'avis.

— Je vais vous emmener, dit-elle.

Une fois sortis du club, la jeune femme les entraîna dans un passage puis dans un autre où ils descendirent quelques marches. L'air, froid et humide, sentait le renfermé et les murs étaient couverts de moisissure.

D'un seul coup, Sadie parut se raviser. Elle revint sur ses pas et leur fit monter un long escalier étroit.

— Où diable allons-nous ? demanda Squeaky lorsqu'ils ressortirent en plein air dans la nuit et la suivirent dans une cour glaciale qu'éclairait une unique lanterne.

Le vent rugissait sous les toitures des hauts immeubles qui se serraient dans l'espace étriqué. Des stalactites pendaient le long des gouttières cassées. Un rat fouillait un tas de détritus à la recherche de restes de nourriture.

Sadie ignora une large porte qui semblait être l'entrée d'une taverne pour se diriger vers une minuscule brèche entre deux murs. Quand elle se tourna de biais pour s'y faufiler, Squeaky craignit qu'elle ne veuille leur échapper.

Il passa d'autorité devant Henry et Crow, la main sur le couteau qu'il gardait au fond de sa poche, prêt à le sortir.

Cependant, Sadie l'attendait, sage comme une image. Dès qu'il la rejoignit, elle se remit en marche, sachant bien qu'il lui emboîterait le pas. En voyant l'éclat pâle de ses épaules que découvrait sa robe, il se demanda comment elle ne mourait pas de froid. Brusquement, une pensée atroce lui traversa l'esprit : sans doute était-elle déjà morte, en quelque sorte. Le désespoir qu'exprimait son regard incitait à le croire.

Étaient-ils fous de la suivre dans cet enfer plus profond que tous les lieux de débauche qu'ils avaient vus jusqu'à présent ? Comment pourrait-il persuader Rathbone de ne pas la suivre, alors qu'ils étaient si près de rencontrer Shadwell ? Et peut-être suffisamment proches de la vérité pour convaincre Lucien de revenir dans un monde où il faisait chaud et où l'on respirait, et d'accepter de payer ce qu'il lui en coûterait afin de rentrer chez lui.

Squeaky se dégoûtait d'éprouver autant d'affection pour Rathbone. À quoi servait d'aimer ? Uniquement à vous attirer des ennuis ! Et s'il s'imaginait qu'on l'aimerait en retour, il était plus bête que les ivrognes les plus abrutis des tavernes les plus minables. Dès que cette histoire serait finie, Rathbone retrouverait sa belle maison tranquille de Primrose Hill tandis que lui-même retournerait tenir la comptabilité de Hester à la clinique de Portpool Lane. Il serait étonnant qu'ils se revoient un jour. Squeaky aurait en fait sacrifié pour rien son confort intérieur.

Au bout de la ruelle, Sadie les conduisit dans une autre cour, puis devant une haute porte étroite au bois éraflé. À l'aide d'une clef qu'elle portait sur une chaîne autour du cou, elle ouvrit la porte qu'elle s'empressa de refermer une fois qu'ils furent tous à l'intérieur.

Là, un escalier plus large descendait vers un labyrinthe. Ils entendirent des rires, de l'eau qui gouttait et gargouillait, des voix qui résonnaient entre les parois des tunnels qu'elle traversait avec autant d'assurance que si son chemin était semé de repères.

Squeaky s'efforça de mémoriser le parcours qu'ils empruntaient – à gauche ou à droite, en haut ou en bas –, toutefois, au bout d'un quart d'heure, il comprit qu'il était perdu. Il ne savait même pas à quelle profondeur sous terre ils se trouvaient. Il se sentait de plus en plus mal. Qu'était devenu le bon sens qui l'avertissait en général du danger ? À dire vrai, il le savait parfaitement : il l'avait laissé l'abandonner, parce qu'il n'était qu'un pauvre imbécile qui voulait se faire aimer.

Il rattrapa Sadie et l'agrippa par le bras.

Elle s'arrêta brusquement.

— Où sommes-nous ? Tu nous fais tourner en rond ! Où est Shadwell ?

La tenant avec poigne, il lui pinça le bras.

La jeune femme ne chercha pas à se libérer. Comme si elle était insensible à la douleur.

— On y est presque, répondit-elle. Je vais vous montrer où il habite et ensuite je…

Un peu plus loin, une porte claqua, puis retentit un éclat de rire.

Squeaky se figea. Ce rire lui donna la chair de poule. Il jura entre ses dents et regarda Crow qui se tenait à un mètre de lui. Malgré le peu de lumière, il lut la peur sur son visage. Derrière lui, Henry n'était qu'une ombre.

— Il sait qu'on est là, chuchota Sadie en se tournant vers Crow. Je pensais le surprendre en passant par ici, mais il a deviné. Il faut partir. Et revenir une autre fois. On ne pourra pas l'attraper aujourd'hui.

— Que sait-il de ce qui se passe dans les profondeurs ? demanda Squeaky.

— Nous ne sommes pas très loin sous terre, répondit Sadie en frissonnant. Dites-moi dans quelle rue vous voulez ressortir, et je vous y emmènerai. Vous n'aurez qu'à revenir voir Shadwell quand vous voudrez.

Elle retira la clef de la chaîne qu'elle portait au cou et la lui tendit. Ses yeux bleu océan luisaient dans la pénombre.

— Où voulez-vous ressortir ?

Crow lui donna le nom d'une ruelle, située à cinq cents mètres du pub où ils avaient laissé Lucien et Bessie en passant par un dédale de petites rues.

— Bon, suivez-moi ! dit Sadie, sa voix trahissant un soudain affolement. Ce n'est pas très loin.

Ils obéirent. Squeaky jeta un coup d'œil à Crow et devina que lui aussi essayait de se remémorer le trajet.

Sadie ne leur avait pas menti. Une vingtaine de minutes plus tard, ils se retrouvèrent à l'air libre.

Le vent était tombé et le brouillard épais s'étalait sur les toits, étendant de longs doigts blancs opaques.

Ils quittèrent la jeune femme, qui immédiatement disparut de leur vue. Crow passa devant pour leur montrer le chemin. Il le connaissait assez bien, même dans de telles conditions.

Lucien et Bessie les attendaient. Le jeune homme s'était assis et avait meilleure mine.

— Vous l'avez vu ? demanda Bessie, pleine d'impatience.

Devant le poêle où brûlaient encore quelques braises, plusieurs morceaux de pain étaient alignés sur un vieux journal. La gamine leur en distribua un à chacun en gardant le plus petit pour elle. Il y avait également un bout de fromage qu'elle donna entièrement à Lucien. Squeaky se demanda combien de femmes elle avait vues se comporter ainsi avec les êtres qu'elles chérissaient, sans jamais se plaindre et en faisant comme si elles avaient déjà mangé leur part.

— Nous savons où il est, répondit Henry.

Squeaky n'en était pas aussi sûr, mais il décida de se taire.

Henry raconta à Lucien qu'ils avaient retrouvé Sadie et qu'elle leur avait juré n'avoir tué ni Rose ni Niccolo.

Squeaky observa le jeune homme en essayant de deviner s'il le savait déjà ; autrement dit, si c'était un mensonge ou la vérité. Curieusement, à la mention du nom de Sadie, il perçut une certaine tendresse dans la douceur qu'exprima la bouche de Lucien, comme s'il avait voulu sourire avant de réaliser qu'il ne fallait pas.

— Allez dire à mon père que vous ne m'avez pas trouvé, dit Lucien à Henry. Que vous n'avez pas trouvé celui qu'il voulait… D'ailleurs, c'est vrai. Vous ne mentirez pas.

— Si, ce serait mentir ! s'offusqua soudain Bessie. Parce que c'est vous qui mentez… Son père a dit qu'il voulait un certain genre de personne ou il a juste dit son fils ? demanda-t-elle à Henry.

— Il a juste dit son fils, répondit celui-ci avant de se tourner vers Lucien. On ne quitte pas comme ça ceux qui vivent dans ce monde. Avant de partir, vous devez prouver que vous n'avez pas tué Niccolo ou Rosa. En apporter la preuve à ceux qui tenaient à eux et également à nous. Sans quoi ce crime vous hantera le restant de votre vie, en prenant une forme très désagréable… Car quelqu'un vous pourchassera, où que vous soyez, afin de venger ce crime épouvantable. Vous n'êtes quand même pas assez stupide pour imaginer que rentrer chez vous vous mettrait définitivement à l'abri ?

— Non, dit Lucien. Il n'existe aucun endroit sûr. Ici, il y a toujours quelqu'un que l'on peut acheter, que ce soit avec de l'argent, un repas ou autre chose… y compris la peur.

Bessie l'observait en se mordillant la lèvre, attendant de voir ce qu'il allait décider.

— Personne ne sait où vous êtes, fit remarquer Squeaky. Nous irons voir Shadwell dès demain.

Lucien se hissa sur un coude.

— Non, pas vous ! lui lança Squeaky d'un ton sec. Vous êtes trop mal en point. Vous ne feriez que nous gêner.

— Mais…

— Vous resterez ici avec Bessie. Nous n'avons pas le temps de vous surveiller. Faites ce qu'on vous dit. À moins que vous ne vouliez que je m'arrange pour que votre blessure se retrouve dans le même état qu'il y a deux jours ?

Lucien soutint son regard quelques secondes, puis il baissa les yeux et se rallongea par terre.

Bessie fixait Squeaky, comme pour décider s'il était capable ou non de mettre sa menace à exécution. Il détourna les yeux, préférant ne pas savoir à quelle conclusion la gamine en arriverait.

Quelques heures plus tard, Henry, Crow et Squeaky repartirent à la recherche de Shadwell, cette fois sans l'aide de Sadie, dont la seule présence aurait risqué de l'avertir. Lucien et Bessie s'étaient tous les deux endormis. Ils ne les dérangèrent pas. Ce n'était en rien nécessaire.

Un court trajet, compté en pas dans le brouillard qui enveloppait tout, les mena jusqu'à l'endroit où Sadie les avait quittés. Ils reprirent ensuite le même chemin, puis ouvrirent la porte avec la clef, avant de descendre là où elle avait assuré que se trouverait Shadwell.

— Qu'allez-vous lui dire, s'il est là ? demanda Crow.

Squeaky attendit la réponse de Rathbone avec intérêt.

— Je lui proposerai un pacte du diable. Qui donnera la preuve à Ash et à ses amis que Lucien n'a pas tué Rosa.

— Et Niccolo ? s'étonna Crow. Il ne compte pas ?

— Pas autant, dit Henry en avançant à pas prudents sur la pierre glissante. Il se pourrait même qu'on découvre que Niccolo est toujours en vie.

— Il y avait trop de sang pour qu'une seule personne ait été tuée, lui rappela Crow, le regard désolé. Si le deuxième cadavre n'est pas celui de Niccolo, qui est-ce ?

— Si j'ai raison, je vous expliquerai. Nous n'avons pas le temps de discuter pour l'instant.

Henry descendit l'escalier le premier, puis s'engagea dans le couloir en pierre.

Squeaky remarqua l'inquiétude de Crow. Tous deux semblaient hésiter.

— Viens ! lui dit-il. Si on ne l'accompagne pas, cet entêté ira tout seul. Il pourrait lui arriver n'importe quoi… Pourquoi est-ce que je me retrouve toujours avec de pareils idiots ?

Il se précipita dans l'escalier et faillit rater une marche. Crow le suivit. On n'entendait pas d'autre bruit que le martèlement de leurs bottes sur la pierre et l'eau qui ruisselait.

L'expression « pacte du diable » tournoyait dans la tête de Squeaky. Qu'avait voulu dire Rathbone ? Il avait envie de lui poser la question, mais il lui fallait toute sa concentration pour suivre les autres le long de ces passages tortueux misérables. Il devait s'assurer qu'ils reprendraient bien le même chemin au retour. Il ne pouvait se fier à la mémoire de personne d'autre.

Et soudain, il reconnut les marches sur la gauche, ainsi que le heurtoir en cuivre sur la porte.

— Nous ne sommes pas au bon endroit, annonça-t-il en retenant Henry par le bras. C'est la salle de l'effroyable créature au manteau de velours.

— Oui, je sais. L'homme qui, d'après moi, sait exactement ce qui est arrivé à Rosa.

— C'est lui qui l'a tuée ? Mais pourquoi ? Qu'est-ce qu'elle...

— Non, il ne l'a pas tuée. Je pense en revanche qu'il connaît le meurtrier.

— Pourquoi il ne nous l'a pas dit ?

Squeaky se sentait de plus en plus mal à l'idée de revenir sans cesse en arrière.

— Parce qu'il tient à se venger personnellement de celui qui l'a tuée, répondit Henry.

— Pour quelle raison ? Rosa était qui pour lui ?

— Docteur Crow... ?

— Sa fille, répondit tout bas le médecin.

— Ah bon ? Et comment le sais-tu ? s'exclama Squeaky, horrifié.

— Tu te souviens que Lucien a dit qu'elle avait des yeux peu ordinaires ? L'un noisette et l'autre vert ?

— Oui... Et alors ?

— J'ai interrogé quelqu'un d'autre qui m'a affirmé la même chose.

— Tu veux dire que… ce n'est pas Rosa qui est morte ? Mais alors… qui ?

— Si, je pense que c'est Rosa, répondit Crow.

— La couleur des yeux ne change pas avec l'âge, ou très peu, fit valoir Henry. Rappelez-vous, Ash lui aussi avait des yeux étranges. Quelles sont les chances qu'ils aient pu être liés l'un à l'autre, d'après vous ?

Squeaky poussa un gros soupir.

— En effet. Je n'ai jamais vu des yeux pareils. Mais en quoi consiste votre pacte du diable ?

— À donner un enterrement chrétien à Rosa si Ash reconnaît que la seconde victime était bien Niccolo et qu'il l'a tué pour se venger parce qu'il avait tué Rosa.

— Vous êtes certain que c'est lui ?

— Non, ce n'est qu'une intuition. Ce serait néanmoins logique. Il est même possible qu'il n'en ait pas eu l'intention, qu'il ait agi sous le coup de la colère… Apparemment, Niccolo était un homme violent. Peut-être que le manque de cocaïne l'a rendu fou… Depuis la mort de Rosa, personne ne l'a revu.

— Si je comprends bien, vous croyez Lucien quand il prétend être innocent ? conclut Squeaky, sans savoir s'il en était content, effrayé, dégoûté, ou les trois à la fois.

Il n'avait pas ressenti une telle confusion depuis de longues années – pour ne pas dire de toute sa vie ! Autant d'émotions… c'en était trop pour lui.

— Voyez-vous une raison pour que je pense le contraire ? demanda Henry.

Squeaky jura de bon cœur – et avec véhémence.

— Mais enfin, c'est absurde ! Et dangereux !

Il avait envie d'agonir Henry d'injures, mais il ne pouvait pas se permettre de faire du raffut si près de chez Ash.

— Vous ne pouvez pas vous balader comme ça partout en gobant tout ce qu'on vous raconte ! Vous risquez de…

— Je vous ai demandé si vous voyiez une « raison », lui rappela Henry en lui coupant la parole. Pas si vous aviez peur.

— Mais la peur en est une ! se défendit Squeaky, exaspéré. Et une des meilleures que je connaissc ! C'cst même ce qui m'a gardé en vie pendant cinquante ans !

— Et cela vous a rendu heureux, Squeaky ?

— Oui ! Euh, enfin… non ! En tout cas, je suis en vie, et il est difficile d'être très heureux une fois qu'on est mort ! Qu'est-ce que c'est que cette question ?

— Rien ne vous oblige à venir voir Ash, si vous n'y tenez pas.

Pour Squeaky, ce fut comme une ultime insulte.

— Vous voulez dire que vous ne voulez pas de moi ? murmura-t-il, l'air sincèrement blessé.

— Pas du tout, assura Henry en lui souriant.

Puis il le prit par le bras et se tourna vers Crow.

— Venez, docteur, allons voir si le pauvre homme acceptera notre pacte…

Notre pacte ? Le nôtre ? Squeaky, qui s'apprêtait à protester, se rendit compte qu'il n'avait aucune envie de se retrouver exclu. Il frappa à la porte et l'ouvrit sans attendre.

La salle était déserte. Squeaky se sentit accablé de dépit.

— Nous allons attendre, décida Henry en s'asseyant sur le sol poussiéreux. Du moins un moment…

L'attente ne fut pas très longue. Lorsque Ash revint, il était toujours vêtu de son ridicule manteau lavande. Son visage paraissait plus décharné, le maquillage blanc soulignait les os de son crâne. Il marchait en donnant des petits coups de canne sur le sol, comme s'il n'était pas sûr que celui-ci soit assez solide pour supporter son poids.

— Eh bien ! Que voulez-vous, cette fois ? fit-il avec intérêt. Vous avez pourtant retrouvé Lucien. Et Sadie.

Il articula lentement ce dernier nom, comme si le simple fait de le prononcer lui était pénible.

— En effet, répliqua Henry. En revanche, nous n'avons pas trouvé Rosa, pas plus que Niccolo. Or je pense que vous pourriez nous aider.

Squeaky regarda le visage effrayant, semblable à un masque de craie. Crow avait dit vrai ; un de ses yeux était noisette et l'autre carrément vert. Peut-être Rathbone avait-il vu juste, et que Rosa était bien la fille de cet homme… Tout cela semblait à la fois logique et tragique.

Ash se tenait si immobile qu'on aurait dit une figurine de cire peinturlurée.

— En échange, nous leur donnerons une sépulture chrétienne, enchaîna Henry. Du moins, à Rosa. Niccolo ne le mérite peut-être pas. Ce n'est pas le sort réservé à ceux que l'on pend.

Ash esquissa un sourire. Un sourire triste et monstrueux.

— Il n'a pas été pendu. Je n'ai pas assez de force pour le soulever, voyez-vous, dit-il en levant ses bras avec raideur, sans pouvoir aller plus haut que les épaules.

— Comment l'avez-vous tué ? s'enquit Henry sur le ton du simple intérêt courtois.

— J'ai là un poignard, répondit Ash en tapotant le bout de sa canne. C'est très commode… Autrefois, je possédais un sabre magnifique, seulement je n'ai plus assez d'équilibre pour le manier comme il faut. Mais le poignard suffit. Niccolo ne m'a même pas vu. Il venait de tuer ma belle Rosa… Je lui ai plongé la lame dans le cœur. Qu'il saigne aussi abondamment m'a surpris…

— Il a dû mettre un long moment à mourir, observa Crow. On ne saigne plus beaucoup une fois mort.

— Vraiment ? rétorqua Ash, l'air à peine intéressé. Un enterrement chrétien, disiez-vous ? Pourquoi ?

— Parce que je veux quelque chose de vous en échange, dit Henry. Évidemment.

— Quoi ?

— Que vous disiez la vérité, afin que Lucien ne soit pas accusé de ces meurtres.

— Et vous enterrerez Rosa de manière décente, comme une bonne chrétienne ?

— Je vous en donne ma parole. Où est-elle ? demanda Henry d'un air las.

Sans répondre, Ash s'appuya sur sa canne et les conduisit hors de la salle. Dans le passage, il partit dans la direction opposée à celle qu'ils avaient prise la première fois. Au bout d'une centaine de mètres, ils pénétrèrent dans une petite pièce froide et sèche, où deux corps étaient étendus sur une table côte à côte. La jeune femme avait de longs cheveux noirs qui lui encadraient le visage, les mains jointes comme si elle reposait en paix, les yeux clos. Malgré cela, ses traits n'étaient pas sans ressemblance avec ce qu'avaient dû être ceux d'Ash du temps de sa jeunesse, avant que ne le ravage la maladie.

Les taches de sang sur sa robe indiquaient qu'on l'avait poignardée à de multiples reprises.

L'homme, les bras le long du corps, n'avait quant à lui qu'une seule blessure, au niveau du cœur.

Ils demeurèrent quelques minutes dans un respectueux silence. Ce fut Crow qui le rompit.

— Je vais la porter, dit-il tout bas. Auriez-vous un tissu dans lequel l'envelopper ?

Brusquement, alors qu'ils s'éloignaient dans le passage et s'apprêtaient à remonter, ils se retrouvèrent nez à nez avec Sadie, que suivaient de près Lucien et Bessie.

Henry s'arrêta net. Squeaky, Crow et Ash en firent autant derrière lui. Un coup d'œil à Rathbone suffit à Squeaky pour voir qu'il ne comprenait pas. Tout était pourtant affreusement clair ! Sadie avait profité du brouillard pour les suivre jusqu'à l'endroit où ils cachaient Lucien. Puis elle était revenue le chercher – pour le livrer à Shadwell ! Car elle continuait à être sa servante, qu'il achetait et payait avec la cocaïne sans laquelle elle ne pouvait, ou ne voulait, pas vivre.

Bessie était venue également, soit de son plein gré, soit parce qu'elle les avait suivis. À cause de son sens de la loyauté ridicule ! Squeaky était exaspéré… On aurait dit un petit chien stupide incapable de penser par lui-même, fût-ce pour assurer sa survie ! À présent, ils étaient tous pris au piège. Il n'eut pas besoin de se retourner pour savoir que rebrousser chemin serait impossible.

Lentement, comme dans un cauchemar, Squeaky pivota sur lui-même. Il n'avait entendu aucun bruit en dehors de l'eau qui s'écoulait derrière le mur, signe qu'ils n'étaient pas loin d'une canalisation.

Et, il s'en était douté, l'homme se tenait là, dans la pénombre. Il ne vit pas s'il était grand ou petit, seulement qu'il était vêtu d'une longue redingote qui lui donnait l'allure d'un croque-mort. La lanterne accrochée un peu en hauteur éclairait le côté gauche de son visage, accusait le nez osseux, la joue creuse, la bouche large et cruelle. De la partie dissimulée dans l'ombre, on ne distinguait que l'orbite et la bouche semblable à une fente informe.

Un silence lugubre s'abattit pendant plusieurs minutes avant que Henry ne prenne la parole.

— Mr. Shadwell, je présume ? s'enquit-il avec une politesse absurde, un léger tremblement dans la voix.

Shadwell demeura immobile.

— Et vous, monsieur, vous devez être Henry Rathbone.

Le ton, plutôt aimable, était monocorde, avec un sifflement qui avait quelque chose d'inhumain. Comme Bessie l'avait dit, c'était une voix qui rentrait dans la tête et n'en sortait plus.

— En effet, dit Henry. Nous vous serions obligés de nous autoriser à passer. Nous emmenons le corps de Rosa pour l'enterrer.

— Ah oui, Rosa… répliqua Shadwell en traînant sur la dernière syllabe. Quel regrettable gâchis ! Elle ne valait pas Sadie, mais elle n'en valait pas moins quelque chose. Enterrez-la. Mettez une croix chrétienne sur son âme vide, si cela vous donne le sentiment d'être utile… Cependant ni Dieu ni Satan ne s'y laisseront prendre !

Squeaky sentit sa gorge se serrer. Il aurait bien voulu qu'Ash n'ait pas à entendre de tels propos.

— Offrir des obsèques aux morts ne sert qu'à préserver notre humanité, observa Henry. À nous rappeler qui nous sommes… et que nous les avons aimés. Le présent est tissé des fils du passé.

Shadwell inclina la tête. La lumière éclaira un peu plus son visage, le faisant apparaître encore plus effrayant.

— Une corde de soie qui entrave, dit-il l'air conciliant. Je vais laisser passer le bon docteur afin qu'il emmène Rosa. Vous autres, vous restez là. Je trouverai bien à vous employer le moment venu !

— Laissez aussi partir Lucien, exigea Henry.

— Et Bessie ! ajouta Squeaky.

Comment Rathbone pouvait-il oublier la gamine ?

— Vous êtes très dur en affaires, commenta Shadwell. Qu'en penses-tu, Sadie ? Pourrais-tu apprendre à cette enfant malingre à devenir une courtisane digne de ce nom ?

Squeaky observa la jeune femme. À l'instant, sous la beauté de son visage transparaissait sa laideur intérieure. C'était comme s'il percevait la vieille femme qu'elle deviendrait : cruelle, irascible et qui se haïrait.

Lucien réagit le premier. La tête haute, les bras en avant de façon à protéger sa blessure, il s'avança vers Shadwell.

— Je vais rester. Je ferai ce que vous me demanderez, je vous amènerai les jeunes gens de mon milieu qui accepteront de venir, mais à une condition : que vous les laissiez tous repartir, y compris Bessie. Je vous suis beaucoup plus utile que ne le sera jamais cette petite... Elle ignore comment satisfaire les hommes et n'a aucun talent.

Le teint gris tirant sur le jaune, il se redressa un peu, sans cesser de regarder Shadwell.

Les yeux de ce dernier s'arrondirent, comme deux trous enfoncés dans son crâne.

— Vous me feriez confiance ? interrogea-t-il d'un air incrédule.

Lucien voulut sourire, mais il n'y parvint pas. Il tremblait.

— Bien sûr que non ! Mais si je sais qu'ils sont en sécurité, y compris Bessie, je vous amènerai tous les hommes cupides et débauchés qui ont les moyens de vous payer.

— Ah oui ? Et si je refuse, vous ferez quoi ? Me menaceriez-vous ?

— Si vous refusez, je me tuerai. Mort, je ne vous sers à rien, tandis que vivant, je peux vous amener des clients… et d'autres femmes aussi attirantes que Sadie !

Une expression de colère mêlée de surprise passa sur le visage repoussant de Shadwell.

Lucien venait de remporter une victoire, du moins pour l'instant. Il était d'une pâleur de cendre. Il allait replonger dans un véritable enfer, un enfer qu'il connaissait intimement, dont il sentait le goût sur la langue et dans la gorge, et qui ne le quitterait jamais.

Rathbone, les larmes aux yeux, souriait à Lucien sans rien dire. Squeaky comprit alors que, pour lui, le jeune homme venait de se racheter.

La colère et l'impuissance l'envahirent comme une brûlure. Il y avait là de quoi devenir fou… assez pour être enchaîné à l'asile de Bedlam et hurler en se tapant la tête contre les murs ! Qu'avaient donc les gens ? Comment pouvait-on se montrer prêt à rentrer chez soi tout en promettant de rester en enfer le restant de sa vie ?

Squeaky avait envie de leur crier à quel point ils étaient stupides. Ils n'allaient tout de même pas accepter un tel marché ! C'est alors que Rathbone l'agrippa d'une main ferme et l'entraîna dans le passage.

Crow, le corps de Rosa en travers de l'épaule, les suivit. Bessie marchait en se collant à Squeaky. Ash n'était plus nulle part en vue.

Ils avancèrent le plus vite possible dans les tunnels, puis remontèrent l'escalier aux marches glissantes, à peine éclairées par deux torches en jonc.

Bessie tirait si fort sur la veste de Squeaky qu'elle faillit la déchirer. Il s'arrêta net et se retourna, mais ne trouva pas quoi lui dire.

Crow s'adossa au mur le temps de reprendre son souffle. Délicatement, il déposa le corps de Rosa sur le sol.

— On ne va pas l'abandonner, dites ? s'inquiéta Bessie, la voix tremblante.

— Non, répondit Henry. Mais il nous faut réfléchir à ce que nous allons faire… et à la façon de nous y prendre. Je pense que nous sommes assez loin maintenant pour souffler un instant. Et nous devons tenir la promesse faite à Ash, où qu'il soit.

— Lui ? s'exclama la gamine d'un air outré. Ce n'est qu'un sale…

— C'est nous qui lui avons fait cette promesse, pas lui, lui rappela Henry. Et n'oublions pas qu'il a respecté son engagement.

— Alors où il est ? fit Bessie.

— Sans doute en train de nous observer pour s'assurer que nous tenons parole, répondit Crow d'un ton narquois. Parce que nous, on vous connaît, pas lui – pas aussi bien que nous.

Henry le remercia d'un bref sourire. Squeaky songea à toutes les âmes sensées et raisonnables qui s'activaient en plein jour à préparer Noël, en train d'acheter des cadeaux, de plumer des dindes à rôtir, de cuire des tartes, des gâteaux et des puddings… Il en sentait quasiment la douceur. Des couronnes de houx décoreraient les portes, on jouerait de la musique et, d'ici peu, les cloches carillonneraient dans toute la ville. Ces gens-là, eux, savaient ce que devait être Noël.

— Mais on retournera chercher Lucien ? insista Bessie.

— Naturellement, assura Henry. Dès que nous aurons un plan. Étant donné que nous ne disposons d'aucune arme, il va falloir bien réfléchir. Crow, vous devriez emmener le corps de Rosa en lieu sûr, quelque part où nous aurons la garantie qu'on lui donnera une sépulture chrétienne, si jamais nous nous retrouvons dans l'impossibilité de nous en occuper nous-mêmes.

— Si on est morts, vous voulez dire ! rétorqua Squeaky.

— Je préférerais ne pas le formuler aussi crûment, mais oui, c'est bien cela, dit Henry avant de se tourner de nouveau vers Crow. Connaissez-vous un tel endroit ? Des amis qui vous doivent une faveur, peut-être ? Je paierai, la question n'est pas là. Je vous rédigerai une reconnaissance de dette, que mon fils honorera si besoin est. Compte tenu de votre profession, vous devez connaître des croque-morts ?

Crow se fendit d'un sourire qui découvrit presque entièrement ses dents.

— Oui, quelques-uns. M'en occuper me prendra au moins une demi-heure.

— Dans ce cas, partez sans tarder, dit Henry. Pendant ce temps, nous déciderons quelle arme nous sera utile pour combattre l'Homme de l'Ombre.

Crow souleva le corps de Rosa et le remit en travers de son épaule. Bien qu'elle fût légère, il vacilla un instant sous son poids.

Squeaky réalisa que Crow l'avait portée un long moment sans se plaindre ni réclamer que quelqu'un prenne le relai.

— Il nous faudrait une arme efficace, murmura-t-il, l'air misérable.

Néanmoins, une idée épouvantable venait de germer dans son esprit. Il se refusa d'abord à la prendre en considération une seule seconde, cependant, elle était bel et bien là, indéniable.

— Crow ! cria Squeaky.

Le médecin, qui était presque arrivé là où le passage formait un coude, se retourna.

— Qu'y a-t-il ?

— Rapporte des allumettes… En quantité.

— Mettre le feu ? s'exclama Henry en dévisageant Squeaky. Dieu du ciel, vous n'y pensez pas ! Nous ignorons comment l'air circule, nous ne savons même pas quel tunnel débouche sur quel autre. Nous risquerions d'asphyxier tout le monde… voire de mettre le feu à la moitié de Londres !

— Je parie que cette ordure d'Ash le sait, lui, répliqua Squeaky. Vous n'auriez pas dû laisser Crow emmener le corps de sa fille. Nous voilà maintenant privés de la seule chose qui nous aurait permis de négocier !

Comment Rathbone pouvait-il être à la fois aussi intelligent et aussi bête ? Squeaky ne comprendrait jamais certains êtres.

— Nous avons déjà négocié, lui rappela Henry.

— Et nous aurions pu encore le faire, si vous n'aviez pas laissé Crow l'emmener !

— Non, impossible. D'autant que, toute considération morale mise à part, ce ne serait pas très malin, observa Henry dans un sourire. Comment voudriez-vous qu'un homme me croie si je l'ai déjà trompé une fois ?

Force fut à Squeaky de reconnaître que ce raisonnement ne manquait pas de logique.

— Voulez-vous que j'aille vous chercher ce sale porc ? proposa-t-il.

— Inutile. S'il ne le veut pas, vous ne le trouverez pas.

Squeaky lâcha un juron. S'il continuait à fréquenter Rathbone, il allait devoir étendre son vocabulaire. Les mots qu'il connaissait ne suffisaient pas à exprimer les émotions qu'il devait refouler ; la rage, la pitié, la frustration aveugle… sans parler de la peur !

Un léger bruit le fit sursauter. Ash se tenait à moins de deux mètres.

— Vous ne devriez pas vous déplacer comme ça en douce ! s'écria Squeaky. Vous pourriez vous faire tuer, vous savez !

— Pas tant que vous n'aurez pas tué Shadwell, répliqua Ash avec dédain. Jusque-là, vous avez besoin de moi.

Henry l'invita à s'asseoir à un endroit où la pierre formait une petite corniche.

— Notre intention n'est pas de tuer Shadwell, seulement de sauver Lucien. Et Sadie, si elle le souhaite.

Ash s'assit tant bien que mal en s'appuyant sur sa canne, la trouvant plus encombrante qu'utile. Quand Henry lui tendit la main pour l'aider à ne pas perdre l'équilibre, il la prit, quoique de mauvais gré.

— Cela revient au même, dit-il lorsqu'il fut enfin installé. Shadwell ne renoncera pas, et il connaît ces passages et ces tunnels beaucoup mieux que vous.

— Aussi avez-vous raison de dire que nous avons besoin de votre aide. À nous de mettre au point un plan avant le retour du docteur Crow. Il est allé déposer le corps de Rosa en lieu sûr, chez des amis qui l'enterreront de manière convenable si nous nous trouvions dans l'incapacité nous-mêmes de le faire.

— Oui, je sais.

Henry faillit lui demander comment, avant de réaliser qu'il connaissait déjà la réponse.

— Connaissez-vous ces passages suffisamment pour nous apporter votre aide ? demanda-t-il.

— Bien entendu. En quoi consiste votre plan ?

Henry eut un sourire triste.

— Nous ne l'avons pas encore établi. Une fois que nous aurons sauvé Lucien et Sadie, il faudra empêcher Shadwell de nous poursuivre. Notre seule arme serait d'allumer un incendie.

Les traits grotesques d'Ash se tordirent en une grimace encore plus bizarre.

— Il faut par conséquent faire sortir Lucien et mettre le feu de manière à piéger Shadwell et à l'empêcher de vous suivre. Sadie refusera de venir. Lucien acceptera peut-être. Vous devez vous préparer à l'une ou l'autre réponse, et à accepter de les abandonner derrière vous, sans quoi vous périrez vous aussi !

— Oui, j'en suis conscient.

Squeaky ne croyait pas une seconde que Rathbone abandonnerait Lucien. C'était de pire en pire… Comment mettre un terme à cette folie ? Le plus troublant était qu'il n'était pas tout à fait certain de le vouloir. Il avait beau se juger bon à enfermer à Bedlam, il y avait là une sorte de gloire. Qui avait besoin de cocaïne quand il était évident qu'on pouvait perdre la tête sans en prendre ?

Henry sortit un bout de papier et un crayon de sa poche, afin qu'Ash dessine le plan des tunnels, des escaliers et des passages autour de la maison de Shadwell, et qu'il leur indique de quel côté arrivait l'air et dans quelle direction se propagerait le feu.

— Nous allons devoir l'encercler. Ici, précisa Ash en montrant l'extrémité d'un dédale de passages.

— Il n'a pas une autre porte par laquelle s'échapper, une issue de secours ? interrogea Squeaky. À sa place, j'en aurais une !

— Par là, répondit Ash en souriant. Par les égouts.

— Une fois que nous aurons récupéré Lucien, nous devrons renoncer à emmener Shadwell aussi, dit Henry, le teint très pâle.

Ash pointa successivement trois emplacements sur le plan.

— Si nous mettons le feu ici, ici et, éventuellement, ici, nous pourrons le piéger. À vous de rassembler le maximum de bois et de choses qui s'enflamment facilement.

Il se fendit d'un sourire. Il y avait chez lui quelque chose de si spectral que Squeaky se surprit à détourner le regard.

— Je sais où est entreposée l'huile pour les lampes, poursuivit Ash. Et le goudron destiné aux torches qui éclairent les tunnels là où il est possible de maintenir une flamme. Nous allons allumer un feu digne de l'enfer !

Le temps que Crow soit revenu, ils avaient rassemblé de l'huile, du goudron, d'innombrables chandelles de suif et autant de vieux bois et de chiffons qu'ils avaient pu se procurer sans devoir les voler afin de ne pas attirer l'attention.

Tous ensemble, ils se mirent en route. Ash ouvrit la marche, tapant sur le sol avec sa canne, craignant que ses pieds aux sensations atrophiées ne le fassent trébucher. Derrière suivaient Henry, Crow, Bessie et Squeaky, chacun portant ou tirant un sac qui contenait des chandelles, du bois ou des bouteilles d'huile et de goudron. Arrivés aux endroits que leur indiqua Ash, ils préparèrent un feu à l'aide d'une mèche faite de chiffons entortillés, trempés dans de l'huile et un peu de goudron. Le moment était venu ; il n'était pas question de risquer la moindre erreur ou de tergiverser.

Les mains tremblantes, Squeaky craqua une allumette, protégea la flamme une seconde, puis l'approcha des chiffons. Le feu prit instantanément. Reculant aussitôt, il vérifia si les flammes ne menaçaient pas de s'éteindre et courut en vitesse au deuxième emplacement répéter l'opération.

Il savait que Crow était en train de faire de même dans un troisième endroit.

Henry, Bessie et Ash s'étaient de leur côté rendus au cœur du territoire de Shadwell, s'attendant à tomber sur lui après chaque tournant, chaque arche et chaque porte.

Lorsque enfin ils le trouvèrent, ils s'étaient enfoncés plus loin que jamais dans les souterrains.

Ils franchirent une dernière porte, puis pénétrèrent dans une cave où ils en aperçurent deux autres. Celle au fond devait donner sur les égouts, celle de gauche dans le tunnel où le feu approchait déjà. Shadwell était installé dans un fauteuil, Lucien assis sur une chaise face à lui. Sadie se tenait près d'une table, devant un cabinet aux minuscules tiroirs en bois sculpté. La pièce avait tout du bureau d'un gentleman.

— Eh bien ? s'exclama Shadwell en se levant. Auriez-vous changé d'avis ? Vous venez me remettre la fille en échange de Lucien ? Malheureusement, je crains que ce ne soit pas possible. Car Lucien a raison, voyez-vous. Il m'est plus utile que ne le sera jamais cette gosse. Mais puisque vous m'avez fait une offre, celle-ci tient toujours.

— Je suis venu demander à Lucien s'il voulait s'en aller. Du reste, la proposition vaut pour vous. Bien que je ne voie pas où vous iriez… Je doute qu'il existe un seul endroit où vous pourriez vivre là-haut à l'air libre !

Shadwell ne répondit qu'au bout de quelques secondes. Et quand il le fit, il émana de lui une haine pleine de froideur accompagnée d'une étrange odeur acide.

— Vous avez raison, dit-il, la voix très calme et plus sifflante que jamais. Ma place est ici, dans ces passages et ces escaliers qui s'enchevêtrent sous les existences aveugles qui s'affairent au-dessus, sans avoir la moindre idée de ce qui se passe sous leurs pieds. Ce monde est le mien. Et vous avez choisi d'y venir. Mais si tous ceux qui sont ici l'ont choisi, c'est moi qui décide qui reste et qui s'en va. Je vous ai laissé partir une fois… mais pas cette fois-ci.

Crow se rapprocha de Rathbone. Squeaky se posta de l'autre côté en jetant un coup d'œil vers le tunnel.

— Fuyez pendant qu'il est encore temps ! s'écria soudain Lucien. Shadwell a raison. Ma décision est prise, et je m'y tiendrai.

Henry sentit la fumée qui s'engouffrait dans le passage ; l'odeur âcre lui piqua les narines. D'ici une minute, tout le monde la sentirait. Et si l'homme au manteau lavande ne s'était pas trompé sur la façon dont l'air circulait dans les tunnels, les flammes ne devaient plus être très loin.

— Lucien ! implora Henry.

— Non, laissez-moi régler mes dettes, répliqua le jeune homme d'un air grave. Vous pourrez dire à mon père que j'ai au moins eu cet honneur ! Allez-y tant que c'est possible. Vous ne me devez rien… ne m'avez jamais rien dû.

La fumée s'était rapprochée. Brusquement, Shadwell la sentit. Les yeux arrondis de surprise, il redressa la tête. Il n'avait qu'un seul moyen de s'échapper : soit passer devant Henry, Crow et Squeaky, soit devant Lucien pour gagner la porte donnant sur les égouts.

On entendait à présent crépiter le feu.

Ce fut Bessie qui brisa le silence. Elle s'approcha de Lucien en passant devant la porte de gauche.

— Lucien, vous devez venir avec nous. Squeaky et moi, on est revenus pour vous. Vous ne pouvez pas rester ici…

À cet instant, la porte de gauche s'effondra, et le feu se propagea dans la cave, dressant entre eux un mur brûlant.

— Bessie ! hurla Squeaky, désespéré. Petite sotte ! Qu'est-ce que… Oh, Seigneur !

Il retira sa veste pour s'en couvrir la tête, puis se plia en deux et fonça dans les flammes derrière lesquelles il la devinait à peine. La chaleur était abominable, mais il traversa le mur de feu et rejoignit Bessie qui s'accrochait au bras de Lucien.

À la seconde où elle se retourna, Squeaky l'empoigna et la souleva dans ses bras. Elle ne pesait pratiquement rien. Il sentit ses os à travers le tissu fin de sa robe. Il fit aussitôt demi-tour, mais le feu gagnait du terrain, de plus en plus ardent. Il hésita. Comment passer au travers ? Et si les vêtements de Bessie s'enflammaient ? Ou ses cheveux ?

Il n'était plus temps de tergiverser. Il baissa la tête et fonça droit devant lui. Pendant quelques secondes atroces, il sentit les flammes autour de lui. Et bien que la douleur fût suffisamment intense pour lui donner envie de crier, il s'en empêcha de peur d'avaler de l'air brûlant.

Et soudain, il se retrouva de l'autre côté, Bessie dans les bras. Crow le réceptionna et jeta son manteau sur la petite pour étouffer les flammes qui léchaient le bas de sa robe.

Dans la panique, personne ne s'était aperçu que Henry avait traversé le mur de flammes pour aller rejoindre Lucien, Sadie et Shadwell.

Lucien lui jeta un regard horrifié.

— Vous ne pouvez pas venir avec nous ! s'écria-t-il en jetant un coup d'œil vers la porte qui donnait sur les égouts.

— Je n'en ai pas l'intention, répondit Henry. En revanche, si vous vous dépêchez, vous pouvez venir avec moi. Nous avons encore le temps de repasser de l'autre côté.

Ce fut Shadwell qui répondit.

— Si vous voulez l'emmener, il va falloir payer, déclara-t-il en tenant Sadie entre lui et Henry.

Il emprisonna le bras de la jeune femme d'une poigne d'acier.

— Si Lucien part avec vous, je la tue !

Henry hésita.

— Et je la tuerai très lentement ! précisa Shadwell. Pour qu'elle sente la douleur.

— Vous le faites déjà, rétorqua Henry. Que je laisse ou non Lucien derrière moi n'y changera rien. Ainsi que vous me l'avez fait remarquer, ceux qui sont avec vous le sont par choix. Je ne sais pas quel choix il reste à Sadie. Chaque décision que nous prenons risque de contrarier les suivantes. Mais si elle refuse de se battre pour se sauver, personne ne peut le faire à sa place. Vient un moment dans la vie où nous sommes toujours seuls.

Lucien avança d'un pas.

— Allez-y tant que vous le pouvez ! lui ordonna-t-il. Je viens avec vous !

À la seconde où le jeune homme se retourna, Shadwell relâcha Sadie et attrapa Henry de l'autre main. Un étau de fer. En voyant Lucien se précipiter dans les flammes, Henry demeura un instant paralysé. La douleur qu'il ressentait au bras était si vive qu'elle lui coupa la respiration.

Lucien était parti. Sadie, sidérée, était toujours contre le mur.

Henry fit face à Shadwell. Il ne s'était jamais battu de sa vie. Seul l'instinct le poussa à réagir.

Le visage de Shadwell était tout près du sien. Dans la lueur rougeoyante des flammes, Henry vit pour la première fois ses yeux, deux trous de serrure ouvrant sur l'enfer. Soutenir ce regard lui fut insupportable. Il se pencha en avant et le chargea de plein fouet, les envoyant rouler par terre tous les deux. Ils se bagarrèrent. Un combat ridicule et désespéré. La chaleur qui emplissait la cave les privait d'oxygène. Henry étouffait déjà.

Shadwell, assis sur lui, le tenait à la gorge. Il n'arrivait plus à respirer du tout. Très vite, la pièce sombra dans le noir.

Et d'un seul coup, Henry sentit qu'on le giflait et chercha de l'air.

— Debout ! souffla une voix. Relevez-vous, imbécile ! Prenez mon bras.

Henry ouvrit les yeux, s'attendant à voir Crow ou Squeaky, mais c'était Ash qui le frappait de sa canne avec le peu de force qui lui restait.

— Filez en vitesse… Descendez le long de l'égout et tournez à gauche, toujours à gauche ! Allez-y !

Henry se hissa sur ses genoux. Le feu avait quasiment embrasé toute la cave. Shadwell était en train de se relever, le dos au mur de flammes. Sadie hurlait, ses vêtements étaient en feu. Henry voulut se jeter sur elle pour éteindre les flammes, mais Ash lui donna un coup dans les côtes. Plié en deux de douleur, Henry se retrouva projeté en avant. Un deuxième coup violent le précipita de l'autre côté de la porte qui se referma en claquant derrière lui. Dans quelques secondes, la cave serait un enfer… Cependant il était là, sain et sauf, affreusement seul, incapable de revenir sur ses pas et d'aider qui que ce soit.

Le froid et l'humidité des égouts lui firent l'effet d'un baume sur sa peau brûlée. Il s'éloigna vers la gauche, content de marcher dans l'eau glacée. Avançant à tâtons, il se sentait trop soulagé pour éprouver de la peur.

À mesure que la pente remontait, l'eau devint plus profonde et le courant plus fort. Suivant les recommandations d'Ash, il tourna plusieurs fois à gauche.

Lorsqu'il aperçut une lueur au loin, il avait les pieds engourdis jusqu'à la cheville ; néanmoins, il n'avait pas eu à parcourir une aussi grande distance qu'il l'avait craint. Pris d'un frisson de soulagement, il se dirigea vers une corniche, puis une échelle en fer. S'agrippant tant bien que mal aux barreaux, il monta et déboucha dans un passage.

Henry entendit un bruit de pas. Aussitôt, il se figea. C'est alors qu'il distingua une flaque de lumière sur le mur humide. Et d'un seul coup, les moisissures se teintèrent d'une nuance dorée. Une lanterne apparut, puis une main, et enfin la manche d'une veste déchirée.

— Squeaky ! explosa Henry, fou de joie. Ici… Par ici !

Glissant sur le sol trempé et balançant la lanterne dans tous les sens, Squeaky se précipita vers lui.

— Où donc étiez-vous passé ? s'écria-t-il, les traits déformés par la colère et le soulagement. Vous nous avez fait mourir de peur ! Si jamais vous recommencez, je…

Crow arriva derrière lui en compagnie de Lucien et de Bessie. Ils étaient tous en piteux état ; noirs de saleté, la peau écorchée et brûlée. Leurs habits déchirés étaient calcinés par endroits, mais ils étaient vivants !

Bessie se jeta au cou de Henry et le serra avec plus de vigueur qu'il ne l'en aurait crue capable. Lentement, il referma ses bras sur la gamine et la serra tout aussi fort.

— Il faut soigner ces brûlures, lui dit Crow. Allons chercher de l'eau propre et des pansements.

— Oui… Oui, bien sûr.

Maintenant qu'il y pensait, il avait affreusement mal en plusieurs endroits. Malgré la pénombre, il avait l'impression d'être toujours en feu. Il finit par relâcher Bessie et s'efforça de rassembler ses esprits.

Crow l'attrapa par le bras, en prenant soin de ne toucher que le tissu de sa manche sans effleurer sa peau.

— Venez… Lucien connaît le chemin.

Bien que le temps leur parût long, il ne s'écoula guère plus d'une demi-heure avant qu'ils ne se retrouvent dans la rue. La lumière des réverbères scintillait dans l'obscurité en répandant des flaques dorées sur la neige. Des stalactites pendaient au bord des toits et des gouttières. Quelques fiacres et attelages circulaient, et ils entendaient le tintement des harnais, le bruit des sabots assourdi par le tapis de neige fraîche que personne n'avait encore foulé.

Plus loin, un groupe de gens chantait.

Crow, dont l'allure était la moins déshonorante, héla un cabriolet. Ils s'entassèrent tous à l'intérieur, non sans difficulté. Henry eut besoin d'un peu d'aide.

— Où allons-nous ? demanda Crow.

Henry lui donna l'adresse de James Wentworth.

Lucien commença à protester, mais Henry lui coupa la parole.

— D'après le cocher, nous sommes la veille de Noël. Vous rentrez chez vous. Où vous irez ensuite, ce sera à vous d'en décider. Mais ce soir, vous nous devez bien cela !

Lucien se rassit, raide et angoissé, et renonça à discuter.

Le trajet jusqu'à la demeure de James Wentworth à Kensington n'était pas très long, mais Henry était si fourbu et endolori qu'il lui parut durer une éternité. En outre, ce ne fut qu'à ce moment, à l'orée d'une réussite improbable, qu'il se demanda si Wentworth tenait réellement au retour de son fils et s'il lui pardonnerait. Peut-être lui faudrait-il faire preuve d'une discipline plus rigoureuse ; tel serait le prix que Lucien aurait à payer pour avoir jeté la honte sur sa famille.

Arrivés à destination, ils durent chercher au fond de leurs poches de quoi régler la course et offrir au cocher un pourboire pour Noël. Tout engourdis, ils descendirent, s'entraidant les uns les autres, et se retrouvèrent sur le trottoir gelé. Le cabriolet s'éloigna à vive allure dans un tintement de clochettes.

La rue était illuminée de chaque côté à perte de vue. Des couronnes de houx et des guirlandes décoraient les portes. Quelque part au loin, les cloches se mirent à carillonner pardessus les toits.

Henry alla jusqu'à la porte, souleva le heurtoir en cuivre et le laissa retomber.

La porte s'ouvrit presque aussitôt, et le majordome en livrée les regarda avec une perplexité non déguisée.

Lucien s'avança.

— Joyeux Noël, Dorwood ! Mon père est-il à la maison ?

Le majordome faillit s'étrangler. Ses yeux se remplirent de larmes.

— Oui, monsieur Lucien. Si vous voulez bien entrer, je vais le prévenir que vous êtes là.

Il ne se donna même pas la peine de lui demander qui étaient ses compagnons.

Le salon somptueux était décoré pour la fête, comme s'ils avaient été attendus. Une bûche de Noël flambait dans l'immense cheminée. Aux guirlandes de houx, de lierre et de gui étaient attachés des rubans multicolores. Des chandelles de cire rouge éclairaient la pièce d'une douce lueur. Sur une desserte étaient disposés une carafe de vin chaud, ainsi que des plats regorgeant de gâteaux, de tartelettes et de fruits confits.

Brusquement, la porte qui donnait sur le bureau s'ouvrit à toute volée. James Wentworth apparut sur le seuil, le regard étonné, le visage resplendissant de joie. Il marcha droit sur Lucien et le prit dans ses bras, trop ému pour prononcer un mot.

Puis, les joues mouillées de larmes, il s'écarta de son fils et se tourna vers Henry.

— Rien de ce que je pourrais dire ne suffirait à vous remercier, murmura-t-il. Mon fils était perdu, et vous l'avez retrouvé. Vous et vos amis. Ma maison et tout ce qui est là sont à votre disposition, conclut-il en les regardant tour à tour.

— Permettez que je vous présente mes amis, répliqua Henry. Le docteur Crow… Mr. Robinson… et Bessie.

La gamine fit une révérence un brin branlante. Crow afficha un sourire rayonnant jusqu'aux oreilles. Et Squeaky s'inclina avec une certaine grâce.

— Enchanté de faire votre connaissance, dit Wentworth. Je vous souhaite à tous un très joyeux Noël !

Du même auteur
aux Éditions 10/18

À L'OMBRE DE LA GUILLOTINE, n° 3690
DU SANG SUR LA SOIE, n° 4470

Série « Petits crimes de Noël »
LA DISPARUE DE NOËL, n° 3858
LE VOYAGEUR DE NOËL, n° 3961
LA DÉTECTIVE DE NOËL, n° 4068
LE SECRET DE NOËL, n° 4174
LA PROMESSE DE NOËL, n° 4279
UN NOËL PLEIN D'ESPOIR, n° 4496
► L'ODYSSÉE DE NOËL, n° 4607

Série « Charlotte et Thomas Pitt »
L'ÉTRANGLEUR DE CATER STREET, n° 2852
LE MYSTÈRE DE CALLENDER SQUARE, n° 2853
LE CRIME DE PARAGON WALK, n° 2877
RESURRECTION ROW, n° 2943
RUTLAND PLACE, n° 2979
LE CADAVRE DE BLUEGATE FIELDS, n° 3041
MORT À DEVIL'S ACRE, n° 3092
MEURTRES À CARDINGTON CRESCENT, n° 3196
SILENCE À HANOVER CLOSE, n° 3255
L'ÉGORGEUR DE WESTMINSTER BRIDGE, n° 3326
L'INCENDIAIRE DE HIGHGATE, n° 3370
BELGRAVE SQUARE, n° 3438
LE CRUCIFIÉ DE FARRIERS' LANE, n° 3500
LE BOURREAU DE HYDE PARK, n° 3542
TRAITORS GATE, n° 3605
PENTECOST ALLEY, n° 3665
ASHWORTH HALL, n° 3743
BRUNSWICK GARDENS, n° 3823
BEDFORD SQUARE, n° 3884

HALF MOON STREET, n° 3948
LA CONSPIRATION DE WHITECHAPEL, n° 3987
SOUTHAMPTON ROW, n° 4029
SEVEN DIALS, n° 4086
LONG SPOON LANE, n° 4111
BUCKINGHAM PALACE GARDENS, n° 4227
LISSON GROVE, n° 4333
DORCHESTER TERRACE, n° 4509

Série « William Monk »

UN ÉTRANGER DANS LE MIROIR, n° 2978
UN DEUIL DANGEREUX, n° 3063
DÉFENSE ET TRAHISON, n° 3100
VOCATION FATALE, n° 3155
DES ÂMES NOIRES, n° 3224
LA MARQUE DE CAÏN, n° 3300
SCANDALE ET CALOMNIE, n° 3346
UN CRI ÉTRANGLÉ, n° 3400
MARIAGE IMPOSSIBLE, n° 3468
PASSÉ SOUS SILENCE, n° 3521
ESCLAVES DU PASSÉ, n° 3567
FUNÉRAILLES EN BLEU, n° 3640
MORT D'UN ÉTRANGER, n° 3697
MEURTRES SUR LES DOCKS, n° 3794
MEURTRES SOUTERRAINS, n° 3917
MÉMOIRE COUPABLE, n° 4230
LA FIN JUSTIFIE LES MOYENS, n° 4446
UNE MER SANS SOLEIL, n° 4579

Série « Joseph et Matthew Reavley »

AVANT LA TOURMENTE, n° 3761
LE TEMPS DES ARMES, n° 3863
LES ANGES DES TÉNÈBRES, n° 4009
LES TRANCHÉES DE LA HAINE, n° 4024
À LA MÉMOIRE DES MORTS, n° 4140

Dépôt légal : novembre 2012
Imprimé en Espagne par Liberdúplex